『ざまぁ』エンドを迎えましたが、前世を思い出したので旦那様と好きに生きます！

アリス・コニア
コニア男爵家の嫡女。
前世を思い出したら、
ざまぁされていてイケメンで
優秀な夫がいた。
自分が勝ち組だと確信している。
アルフォンス・コニア
ルビアス王国の元王太子で、
アリスの夫。聡明だが、
婚約破棄騒動を起こした張本人。
実は父王との間に
確執があって……？
登場人物紹介

シリル・ルビアス
ルビアス王国第二王子で、現王太子。愛されて育ったため、脇が甘い。ベアトリスに淡い思いを抱いている。
ジオルド・デュアー
デュアー伯爵家の令息。騎士見習い。ベアトリスに救われた過去がある。
ベアトリス・バクスウェル
バクスウェル公爵家の令嬢。転生者で、ゲーム知識を使って断罪を回避したが……？
エミリア・ロッツ
ロッツ商会の一人娘で、アリスの幼馴染。お転婆で、実は口が悪い。
ローズ
自称愛と情熱の大精霊。アリスの想いに共感して契約を結んだ、愛に生きる姉御。正体は炎の大精霊ゴルバトス。

目次

ヒロインは「ざまぁ」された編

プロローグ

キラキラと光を反射するシャンデリアの下で、花もかくやとばかりに色とりどりのドレスを着た令嬢達が、若き紳士に手を取られ、優雅にダンスを披露する。

季節は春。ルビアス王国では三月の始めに、王立学園の卒業式が行われる。

今年度の卒業生にはこの国の王太子が含まれており、その関係で保護者の出席率はいつも以上に高い。それゆえに、式の進行を任された在校生の緊張は前年度以上だ。

しかしながら、王太子の一つ年下である彼の婚約者の協力もあり、式は無事に進行していく。

生徒達の尽力により卒業式を終え、その後は学園のホールでパーティーが開かれる。

卒業生、在校生が別れを惜しみ、時には涙を浮かべるものの、それでも祝いの場として相応《ふさわ》しい祝福に満ちた温かな空気が流れていた。

だが、そんな場は、一人が発した言葉によって壊された。

「もう、お前の振る舞いにはうんざりだ！　ベアトリス・バクスウェル！　今日、この時をもって、お前との婚約を破棄する！」

その言葉を発したのは、金髪碧眼の美男子――ルビアス王国の王太子であるアルフォンス・ルビアスだった。

アルフォンスは腕の中に金髪の少女を大事そうに囲い、その整った顔を憎々しげに歪《ゆが》めて己の婚約者であるベアトリス・バクスウェル公爵令嬢を睨《にら》みつけている。

ベアトリスは艶やかな黒髪の巻き毛に、青い瞳を持つ美少女である。勝ち気そうな顔立ちで、思わず委縮してしまうような迫力がある。しかし、その性格は温厚で、男子生徒からの人気はさることながら、女生徒達からも慕われている令嬢だ。

この二人の婚約は政略により十年前に結ばれ、特に波風立てず、お手本のような関係を築いていた。

しかし二年前、そこに波紋をもたらした者がいた。

その者こそが、現在アルフォンスの腕の中にいる金髪の少女、二年生のアリス・コニア男爵令嬢だ。

彼女はコニア男爵の一人娘で、田舎育ちの些《いささ》か礼に欠けた振る舞いをする少女だった。

しかし、自他ともに認める田舎者で、注意すれば礼を言ってその振る舞いを直すような素直さがあった。

彼女は、たいして珍しくもない、ありふれた令嬢の一人だ。そんな彼女が、どうして騒動の中心人物になってしまったのか。

それは、ただの偶然から始まった。

入学式の曲がり角でアルフォンスにぶつかり、アリスが尻もちをついて、それを助け起こしてもらったのが出会いだ。

二度目の接触は、亡くなった母親が刺繍《ししゅう》してくれたハンカチが飛ばされ、木に引っかかってしまって困っていたところを助けてもらった時だった。

大層感謝した彼女は、アルフォンスと廊下ですれ違ったり、偶然目が合ったりするたびに明るく愛らしい笑顔を浮かべた。

度々そんな笑顔を向けられたら、彼女に良い印象を持つのは当然のことだろう。

アルフォンスは適切な距離を保ちながら、人目のないところで彼女と少しずつ話をするようになった。そして、二人はいつしか想い合う仲となった。

しかし、あまりに身分が違いすぎるし、アルフォンスは婚約者のいる身だ。二人は自分達の関係に名前をつけるようなことはしなかった。適切な距離を保った、親しい秘密の友人。二人は、そんな関係だった。——だった、はずなのだ。

しかし、秘密はいつしか漏れ、二人には厳しい目が向けられた。

ここで二人が関係を絶てば、二人の感情を犠牲に万事丸く収まった。しかし、そうはならなかった。

逆境がまだ青い二人の恋を燃え上がらせたのか、孤立し、嫌がらせを受けるアリスはアルフォンスを頼り、アルフォンスは彼女を囲いこむように守りはじめたのだ。

アルフォンスは側近達の諫言《かんげん》を退け、話し合いを求める婚約者の腕を振り払い、ついに今日を迎えてしまった。

彼はアリスが受けている数々の嫌がらせはベアトリスが指示したものだと決めつけたが、ベアトリスはそれに反論し、冤罪《えんざい》である証拠まで突きつけて身の潔白を証明した。

追い詰められたのは、アルフォンスだった。

そして、激昂した彼はついに言ってしまう。

「う、うるさい！　そんなもの、捏造《ねつぞう》に決まっている！　王太子をたばかった罪として、お前は国外追放だ！」

「……承知いたしました」

王太子という責任ある立場にありながら、ありえない論法を展開した彼に、ベアトリスは毅然《きぜん》とした態度で美しいカーテシーを披露した。

どちらが人として尊敬できるか、一目瞭然だった。

その後の展開も、目まぐるしかった。

会場を去ろうとしたベアトリスを呼び止める者がいた。それは、ルビアス王国の国王だった。

彼は王妃と共に会場にやってきて、息子の醜態に激怒した。

「お前はなんということをしたのだ！」

「ですが、父上！」

「お前に父と呼ばれたくもないわ！　衛兵、この愚か者を連れていけ！」

アルフォンスはアリスと共に衛兵の手によってパーティー会場から引きずり出された。そして、国王は被害者たるベアトリスに向き直る。

「此度《こたび》のこと、申し訳なかった」

「そ、そんな！　国王陛下、王妃殿下、どうか頭をお上げください！」

頭を下げて詫びる二人に、ベアトリスは慌てる。

「申し訳ないが、今後のことを別室で話したい。構わないだろうか？」

「もちろんです」

国王の提案に、ベアトリスは頷く。

その後、国王は生徒達に騒がせたことを詫び、パーティーを続けるように言うも、生徒達は目の前で起きた事件に気を取られ、落ち着きをなくした。

結局、パーティーは早々に切り上げることになり、生徒達はその場を後にした。


人々が王子の失態を噂《うわさ》する。

しかし、彼らの話には一人の情報が足りなかった。

騒動の中心たるもう一人の人物——アリス・コニア男爵令嬢のことだ。

王太子と公爵令嬢の二人に目を奪われていたため、あの時彼女がどういう状態であったのか、誰も覚えていなかったのだ。

けれども、人は想像上のものをあたかも真実のように語れる生き物だ。

ある人は、公爵令嬢を悪意に満ちた目で見ていたと嘯《うそぶ》き。

またある人は、いかにも悲劇のヒロインぶって王太子にくっついていたと大仰な身振りで説明した。

彼らは、思いもしないだろう。彼女がアルフォンスに頭を強く抱きしめられ、身動きも発言もできないようにされていたなど。

降参を示すようにアルフォンスの腕をタップしていたなど、誰も思いもしなかったのだ。

第一章

——結婚したい。

それは、女の切なる願いだった。

見合い回数三十六回。そのすべてに惨敗し、お一人様をひた走る三十路女は、ちょっといいなと思っていた同僚の結婚式の引き出物を肴《さかな》に、やけ酒をしていた。

「バームクーヘンエンドなんて、冗談じゃないわよぉぉぉ！」

ド畜生！　と吠えながらバームクーヘンをかっ食らうその様は、男が見れば回れ右して走って逃げるに違いない。

婚期が遠のくのも納得な形相の彼女は、結婚がしたくてたまらなかった。

結婚相手と新婚旅行先を相談したいし、ウエディングドレスを着たいし、新居を探すのに苦労したいし、一緒にスーパーに買い物に行きたいし、愛する命を腹に宿したかった。

「けっこんしたいぃぃ……」

女の嘆きは深かった。それこそ、その想いを来世に持ち越すくらいに……

＊＊＊

「けっこんしたい……」

そう呟いて目を覚ましたのは、金髪碧眼の可愛らしい十七歳の少女だ。

少女の名は、アリス・コニア。デニス・コニア男爵の一人娘である。

幼い頃に母を亡くし、父と使用人達の手で育てられた田舎者の令嬢だった。

アリスはベッドから身を起こし、しばしぼんやりとして――頭を抱えた。

「余計なことを思い出したぁ……」

アリスは現在、コニア男爵領にある実家に帰ってきていた。

あの婚約破棄事件が起きたのは半月ほど前。

アリスはアルフォンスと共に王城へ送られ、事情聴取を受けた。

その結果、アリスは二つの罰を受けることとなった。その一つが、王立学園からの退学だ。

貴族の子は、十六歳になると必ず王立学園に入学し、何事もなければ三年ほどで卒業する。王立学園卒業というのは、貴族としての絶対的なステータスだ。

しかしそれができないとなると、社交界では爪はじきにあい、結婚相手に恵まれず、出世の道も閉ざされる。

けれども、それは騒動の原因の一人に対する罰としては、軽いものだった。

それもそのはず、アリスはアルフォンスの企みに一切関与していなかったのだ。

アリスはアルフォンスに単純に恋をして、諦め半分、恋しさ半分で彼の傍にいつづけただけだ。

それに、実のところアリスとアルフォンスは二人きりになったことはない。いつだって側近の男子生徒が傍にいた。そんな状態で深い仲になれるはずもない。

正直、あわよくば側妃になれないかとは思ったこともあったが、王妃になりたいとは一度も思ったことはない。自分の身分や教養では無理だと分かっていたからだ。

時折、ほのかに柔らかな熱を帯びる綺麗な瞳に見惚れながら、アリスは恋心を抱えて一人悶々《もんもん》としていた。

だが、嫌がらせを受けていたのは本当だ。

あの頃、アリスは初恋に浮かれ、脳内が花畑状態になっていたのだろう。そうでなければ、男爵令嬢ごときが王太子の傍をうろつくなどという、令嬢達を刺激するようなことはしない。そして、そんな虐めについて、アルフォンスに――男に相談するようなことはしない。女の諍《いさか》いに、男が首を突っ込むと拗《こじ》れるのは知っていたのだから。

更に、その相談によってベアトリスが糾弾されるとは夢にも思わなかった。

そういったことをアリスは正直に話し、その裏取りもなされ、アリスに大きな非はないという結論が下された。

それゆえに、男爵家に大きなお咎《とが》めはなかった。

けれど、事が起きた責任の一端はアリスにあった。だから、退学という罰が下ったのだ。

そんなわけで学園にいられないアリスは早々に実家に帰されたのだが、その日の夜に前世の記憶を思い出してしまった。

「なんで、今更思い出しちゃうのかしら。もう、全部終わったっていうのに……」

その記憶は、結婚したくてたまらない三十路女の記憶だった。

彼女はごく平凡なOLで、周りが次々に結婚していくなか、一人取り残されて足掻《あが》きまくっていた。

お一人様の寂しいことといったらなかった。

そんな彼女の心を慰めていたのは、画面の向こうの恋人達だった。

「けど、まさか乙女ゲームの世界に転生するとは思わなかったわ」

ポツリと呟き、溜息をつく。

前世のアリスは乙女ゲームに嵌《は》まっていた。

いくつもの乙女ゲームをプレイし、現実にも恋人や旦那が欲しいと嘆いていたのだ。

その一つに、『精霊の鏡と魔法の書』というタイトルのものがあった。

ストーリーは、男爵令嬢のヒロインが学園に入学し、そこで攻略対象と関わりながら二年間過ごすというものだ。

もちろんライバル役の悪役令嬢も登場する。ヒロインの行動を妨害し、時には攻撃してくる彼女をいなしながら各種イベントやフラグを回収するのだ。

そして、ヒロインはあるイベントでタイトルに関係する精霊と契約する。精霊との契約は国にとって重要なことであるため、これによってヒロインは悪役令嬢への対抗手段を手に入れることとなる。

そうしてストーリーを進め、好感度を最も上げた攻略対象と共に、二年目――一つ上の先輩方の卒業パーティーで悪役令嬢の断罪イベントを迎えてエンディングに至るのだ。

そんな乙女ゲームの世界に、アリスはヒロインとして転生してしまっていた。

しかし、せっかくそんな記憶を思い出したとしても、アリスには既に無用の長物と化してしまっている。

「もう退学しちゃったし……」

アリスの学園生活は、ゲームのストーリー通りにはならなかった。

虐めはあったが、それは悪役令嬢からのものではなかった。そして、何よりも断罪イベントでは『ざまぁ返し』をされてしまっていた。

しかし、アリスはそれに落ち込んではいない。

「だって……」

アリスの口元が、にんまりと弧を描く。

「アルフォンス様と結婚できちゃったもんね！」

アリスは、二つの罰を受けた。

一つが、学園の退学処分。

そしてもう一つが、王家の不良在庫となった元王太子、アルフォンス・ルビアスとの婚姻だった。

あの断罪の日に堪能した素敵な胸筋の持ち主は、アリスの婿となったのだ。

＊＊＊

「おはようございます、お嬢様」

聞きなれた侍女の声に、アリスはそちらに視線を向ける。

「おはよう、マイラ」

アリスの専属侍女であるマイラ・ラッツに朝の挨拶《あいさつ》をする。

マイラは、アリスが幼い頃から面倒を見てくれたお姉さんのような存在だ。二十代半ばの彼女は、きりっとした顔立ちのいかにも仕事ができそうな女性で、茶色の髪をひっつめて一つにまとめている。

マイラはアリスの朝の支度を手伝いながら、小言を口にした。

「まったく、お嬢様は昔から突拍子もないことをなさいますが、マイラは今までで一番驚きましたよ」

昔から結婚願望が強かったですけど、こんな結婚の仕方は予想していませんでした、と言われ、アリスは苦笑いする。

「アルフォンス様がお婿さんになるのは、私も予想外だったわ。素敵な方だったし、恋もしたけど、結ばれることはないと分かっていたもの」

だから、アリスはあと一歩を踏み出せなかった。噂《うわさ》に反して、恋人と呼ぶには足りない関係だった。側妃を夢見たこともあったが、それすら無理だと分かっていた。

「けど、さすが貴族社会というか、学園っていう狭い世界だからこそなのか、アルフォンス様との関係がバレて、浮気相手として尾ひれがついて噂《うわさ》が流れちゃったのよね」

想い合う二人がこっそり会っていた。それだけなら、確かに浮気だろう。しかし、アリスはアルフォンスと二人きりで会ったことはなかったのだ。

「いつもアルフォンス様の傍には側近のバートラム・シュラプネル様がいらっしゃったの。だから私達の関係は先に進まなかったし、決定的なことはなかったわ」

アリスとアルフォンスの関係は、彼が卒業間近になって、忙しくなれば自然消滅するはずだった。しかし、そうはならず、今に至っている。

「まったく、呆れた話ですよ」

何がどうしてそうなった。

自分のところのお嬢様も迂闊《うかつ》だが、元王太子殿下も地位ある人間として、いったい何を考えているのか。

それが、マイラを含む男爵家の使用人一同の共通認識である。……ちなみに、アリスの父たるデニス・コニア男爵は現在、胃を痛めてベッドの住人となっている。しかし、きっと明日には復活するだろう。なんだかんだ図太いので。

「うん。まあ、迂闊《うかつ》だったのは認めるし、反省してる」

お馬鹿なアリスの状態は、前世のライトノベルで見かけたざまぁされる花畑令嬢を彷彿とさせた。

(まあ、あれよりはマシだったと思いたいけど)

少なくとも、一線は守り、片思いに浸っていた。……結局、ざまぁされたが。

しかし……

「けど、私は素敵な旦那様を手に入れたわ。国で一番の高等教育を施された、イケメンよ！」

ギラギラとした肉食獣のような目で、アリスは力強く拳を握る。

「うちはそもそも権力欲もなくて、中央にもまったく興味なし。むしろお父様は引きこもり体質で、行きたくないと駄々をこねるタイプ！」

マイラはいつかの駄々をこねる男爵家当主の姿と、それをしばき倒す家令の姿を思い出して遠くを見つめる。

「私も権力にも過ぎた贅沢にも興味はないし、衣・食・住が足りて、優しい旦那様と愛し愛される生活さえできればそれで満足！」

それはつまり……

「私は、勝ち組！　イケメン王子をお婿さんに貰った私は、誰がなんと言おうと勝ち組よ！」

わーっはっはっはっは！　と腕を組んで高笑いするアリスに、なんだかんだ心配していたマイラは、「元気でようございました」と呆れつつも安堵したように微笑んだのだった。

＊＊＊

さて。

イケメン王子な旦那を貰ったアリスはすこぶる元気だが、お相手たるイケメン王子はそうではなかった。

彼はあてがわれた部屋からぼんやりと外を眺め、抜け殻のようになっていた。

「アルフォンス様、元気なさそうね」

「それは、そうでしょう。王太子の座を失って、こんな田舎領主の娘婿になったのです。落ち込まないはずがありませんよ」

細く開けたドアの隙間からアルフォンスの様子をうかがうのは、彼の内心を知らぬアリスとマイラだ。

ぼんやりしているアルフォンス様も素敵！　と、暢気《のんき》なことを言うお嬢様に、マイラは呆れながら、はしたないですよ、と言って襟首を掴んでドアから引きはがす。

たそがれイケメ～ン、と鳴くアリスを無視してドアを閉めると、壮年の執事服姿の男がこちらに向かって歩いてきているのに気づく。

「あら、スチュアートさん」

マイラの声に、アリスもそちらを向く。

クリント・スチュアートは、コニア男爵家の家令だ。なぜこんな田舎貴族の家に仕えているのか分からないくらい仕事のできる男である。

「スチュアート、お父様はどう？　まだ寝込んでいらっしゃるの？」

クリントは襟首を掴まれているアリスの姿に溜息をつきながら、言う。

「いいえ。噂《うわさ》が下火になるまで派手な場に出るのは自粛したほうがいいでしょう、と申し上げたら、復活いたしました。今は裏の畑で苗の様子を見ておられます」

「さすがお父様。図太い」

どうやらもう復活したらしい。

アリスの父であるデニス・コニア男爵は、貴族社会が肌に合わず、自宅の裏庭に手ずから畑を作り、貴族をやめて農家になりたいと常々言っている男だ。今回のアリスの失態を言い訳に、社交をサボるつもりなのだろう。

今回の件が領民の生活に影響するならこうも暢気《のんき》にしていられなかっただろうが、このコニア男爵領は陸の孤島のごときド田舎だ。ド田舎すぎて、令嬢が下手こいたところで領民の生活にさしたる影響はない。

「図太さならお嬢様も負けていないかと」

「え？」

学園を退学になっていながら、元気溌剌《はつらつ》とした様子でイケメン婿をゲットしたと喜んでいる。この親あってこの子あり。実に図太い。

アリスがクリントの小さな呟きを聞き逃して首を傾げれば、彼はなんでもございませんと言って眼鏡を押し上げる。

「それではお嬢様。食事が済みましたら、学園で学ぶはずだったお勉強をいたしましょう。大丈夫、教科書は入手済みです。お勉強は私がお教えできます」

眼鏡をキラリと光らせてそう告げるスーパー家令に、アリスの頬が引きつる。

「ええっと、ほら、私は社交界から追放されたみたいなものだから、勉強は無駄じゃないかなー、なんて……」

「ははは、何をおっしゃいます。役に立つから勉強するのではありません。役に立つかもしれないから勉強するのです」

朝食を終えられましたら自室でお待ちください、と告げられ、アリスは絶望したような顔をした。

肩を落として食堂へ向かうアリスを見送るクリントに、マイラがこっそりと尋ねる。

「本音は？」

「うちのお嬢様に教養が足りぬと言われるのは我慢なりませんからな」

勉強はやろうと思えばどこでもできるのです、と学校に通ったことがないのに図書館並みの知識をその優秀すぎる頭脳に蓄え、できないことはないのではないかと噂《うわさ》されているスーパー家令は、ニヒルに笑った。

＊＊＊

食堂にアルフォンスが現れることはなかった。

体調が悪いとのことで、自室でとるそうだ。アリスもそうなるだろうと思ったから、アルフォンスを誘わなかった。

アリスは食事の後、売られて行く子牛のような顔をして自室に向かい、スーパー家令によってビシバシ知識を叩き込まれ、午後にはグロッキーになっていた。

「大丈夫ですか？　お嬢様」

「うえぇ～……」

学園の勉強よりハードってなに、とうめくアリスに、マイラが苦笑する。

ちなみに、午後からは自由時間だ。さすがのスーパー家令も仕事があるため、これ以上アリスに時間を割けない。

それでもアリスのために午前中の時間を使えるのは、彼が育てた人材と、午後だけで仕事を済ませられる彼自身の有能さのおかげだろう。

更に、スーパー家令は教えるのも上手だった。アリスは、学園で授業を受けるよりすんなり理解できた。彼の才能が恐ろしい。

「ところで、アルフォンス様のご様子は？　ご飯はちゃんと食べたかしら？」

「それが……」

アリスの質問に、マイラが困ったように眉を下げる。

なんでも、どうにもお腹がすかないと言って小さなパンを一つとスープを半分、サラダを少し食べるだけなのだという。

「食べようとしていらっしゃるみたいなんですけど、どうしても食べられないみたいです。食事を下げる際、申し訳なさそうな顔をされていたそうですので」

まったく食べないよりはいいが、成人男性の食事量の半分にも満たない量となれば心配になる。

朝にアルフォンスの様子を見た時、アリスは彼が落ち込んでいるというより、燃え尽きて心ここにあらずになっているように見えた。話しかければしっかりと受け答えをし、こちらがアルフォンスの世話をやけば、申し訳なさそうな顔をする。しかし、彼は一人になると、ただただ遠くを見ている。

（アルフォンス様は別に私と結婚したくて卒業式のパーティーであんなことをしたんじゃないと思うのよね。何か別の目的があったんだと思うんだけど……）

そうせざるを得ない理由があった。だから、彼はそうしたのだ。

アリスは別に頭が良いわけでも、察しが良いわけでもない。アルフォンスが好きで、よくよく彼を見ていたから、そうなんだろうとあたりを付けられた。しかし、それ以上のことは分からない。

アリスと結婚したくて無茶をしたわけではないという確信は、アリスをちょっとへこませるが、傷つきはしない。彼を婿に貰えたのだから、むしろラッキーだ。これからアリスが彼を幸せにするので問題ない。終わり良ければすべて良いのだ。

わりと自分本位なことを考えながら、それはそれとして、まずはアルフォンスが健康でなければ何も始まらないと唸《うな》る。

「このまま体を壊さないか心配だわ……」

なんとかして、彼を元気づけられないか。

アリスは腕を組み、うんうんと悩む。

しばし悩んだが、いい考えは思いつかなかった。このまま悩んでも仕方がない。アリスは気持ちを切り替えるため、屋敷の外へと繰り出したのだった。

＊＊＊

「そりゃお嬢様、そんな時は肉だよ」

真顔でそう言うのは、村の少年だ。

コニア男爵領の領地は、住人が四百人ほどしかいないド田舎の村一つだけだ。男爵は偉ぶらないフレンドリーな人間なので、コニア男爵一家と村人の距離は近い。

そうなの？　と首を傾げるアリスに、少年は重々しく頷いた。

肉はそうそう食べられないご馳走《ちそう》である。肉がある日の食卓はいつも戦争だし、体の具合が悪くて食欲がない日も、肉だけはなんとしてでも食べるのが少年の当たり前だ。食べ盛りの少年にとっては、肉こそが正義である。

「肉があれば元気になるし、肉を食べればもっと元気になる」

確信に満ちた少年の言葉に、そうなのかとアリスは頷く。

「けど、肉って言われてもねぇ……。獣や魔物を狩るにしても、私だけじゃ難しいわ」

「いや、そこは買いなよ」

一応貴族のお嬢様なんだから、と少年は言うが、木っ端貴族の男爵令嬢ごときのお小遣いでは王太子の舌を満足させるような高級肉を手に入れるのは難しい。それに、そこは自分の力で手に入れたいという乙女心だ。——手に入れるものが肉であることに疑問を持たないあたり、アリスの女子力は底辺だが。

アリスは少年と別れ、お嬢様らしからぬ野生児じみた乙女心のままに、どうにかして自分の手で肉を狩れないかと考えながら歩く。

「高級肉といえば、魔物肉。うう……、ゲームみたいに精霊と契約できていればなぁ……」

そうすれば、アリスにだって魔物を狩れるはずだ。

考えすぎて獣や魔物のルビが肉になったところで、アリスはふと思い出す。この世界が舞台となった乙女ゲームの、隠しイベントのことを……

「そういえば、あのイベントってこの近くであったんじゃなかったっけ?」

それは、ヒロインが契約する精霊の里帰りイベントだった。しかし、アリスは精霊と契約していない。なぜなら、その精霊は既に他の人物と契約していたからだ。

アリスはそれを思い出し、少し困ったような顔をした。

「今思えばベアトリス様って、絶対、前世の記憶——乙女ゲームをプレイした記憶があるよね……」

ヒロインが契約するはずの精霊は、悪役令嬢——アルフォンスの元婚約者、ベアトリス・バクスウェル公爵令嬢と契約していた。

この精霊は光の属性を持つ大精霊なのだが、たちの悪い魔法使いに捕まり、魔道具の材料の一つとして鏡の中に封じられてしまっていた。

長い間、光属性の破邪の鏡として利用されてきたが、精霊の怒りにより、邪悪なものどころか無差別に人間を焼き払おうとするので、呪われた鏡として封印されてしまった。

ゲームでは、ヒロインが怒りによって引き起こされた災い——小規模なスタンピードを乗り越えてこの封印まで辿り着き、鏡を割って光の大精霊を解放する。そして光の大精霊はヒロインに感謝し、彼女を守護するようになるのだ。この鏡の封印場所はゲームをしていれば分かるだろう。

大精霊はスタンピードによって魔物に鏡を割らせるつもりだったのだが、ゲーム内で描写されていたこのスタンピードによる被害を思うと、これは事が起きる前にどうにかするべき案件だ。ベアトリスもそう思って大精霊を解放したに違いない。そして、その礼に契約を結んでもらったのだろう。

（別に、横取りされたとかは思わないんだけど……）

スタンピードなんて、起こらないほうがいい。それに巻き込まれるだなんて御免被る。それを未然に防いでくれたのだから、礼を言いたいくらいだ。

しかし、この大精霊との契約は、ヒロインの価値を高めてくれるイベントでもあった。

元々、ただの精霊と契約できる者も少なく、大精霊の契約者ともなればかなり貴重な存在となる。そんな人間がいれば、国で大切に保護することになっていた。

この大精霊の契約者であったからこそ、ゲーム上のヒロインは男爵令嬢にもかかわらず、地位の高い攻略対象の男達と結ばれることができたのだろう。

(大精霊との契約は、ヒロインのパワーアップイベントでもあったからなぁ……)

地位と武力のパワーアップである。今のアリスにとっては、この武力のパワーアップというのが魅力的だ。

精霊と契約すると、精霊の力を借りられるのだ。

風の精霊なら強い風の魔法が使えるようになり、契約主が望めば、精霊自身が代わりに戦ってくれることもある。

(地位とかどうでもいいけど、武力アップしたい。そうしたら、ダンジョンの下層に潜れるもの)

ダンジョン。

それは、『神の遊び心』だの、『神が人に与えた修練の場』だのと言われている不思議な魔境である。つまりは、よくあるファンタジー世界のお約束の場所だ。

この世界のダンジョンでは、ダンジョン外に生息する魔物が弱体化して出現する。そして不思議なことに、倒した魔物は素材となるアイテムを一部だけ残して消えてしまう。

そう思うと損した気分になるのだが、とれるアイテムの量は少なくとも、強い魔物が弱体化しているため、冒険者などが高価なドロップ品目当てでダンジョンに潜ったりする。

実はこのダンジョンが、この男爵領の近くにも一つ存在するのだ。

「けど、ピーキーダンジョンなんだよね……」

ダンジョンは普通、深く潜れば潜るほど攻略難易度が上がる。人々はその難易度を上層、中層、下層、深層と大きく四つに分けて呼んでいる。

多くのダンジョンはその特性を持つのだが、このコニア男爵領のダンジョンは違った。なんと、中層が存在しないピーキーダンジョンなのだ。

この中層が存在しないというのは、ダンジョン攻略において困るものだった。ダンジョンは稼ぎ場だが、己を鍛えるのにうってつけの場でもある。特に中層は自分の実力を把握しやすく、次のステップに移せる階層だ。

それなのに、コニア男爵領のダンジョンは、中層がない。

初心者コースを抜けたら突然プロ専用の上級者コースなんて、どんな悪夢だ。だいたい、中層こそが冒険者が多く利用する場だ。そんな中層がないダンジョンは実入りが悪く、冒険者がいつかない。そのため、コニア男爵領のダンジョンは、領地経営の利に向かない困ったものだった。

しかし、そんな上級者コースを一人で悠々と進み、アイテムを回収できる力を持つ人間も中にはいる。そんな人間の一人が、大精霊の契約者だ。

それに、なんといってもコニア男爵領のダンジョンの下層以降では、美食家が思わず唸るほどの高級肉がドロップするのだ。

「これはもう、私も大精霊と契約するしかない……！」

普通であれば精霊と契約するなど無謀もいいところだ。精霊と接触するなど、困難極まりないからだ。

しかし、前世の乙女ゲームの記憶があるアリスには、精霊と接触できる場所を知っていた。

乙女ゲーム『精霊の鏡と魔法の書』の隠しイベント。『大精霊の里帰り』で出てきた精霊達の集う場所、その名も『精霊の泉』。

その場所に、アリスは心当たりがあった。

「よぉし！　アルフォンス様に絶対お肉を食べさせるぞ！」

色気より食い気。

乙女として何か間違っている決意をし、アリスは意気揚々と足を踏み出したのだった。

第二章

大きく美しい湖が有名なバクスウェル領の領都には、バクスウェル公爵の城がある。湖のほとりに建つ美しく荘厳な城は、領民の自慢だ。

現バクスウェル公爵には、二人の子供がいる。……否、正確には、養子に迎えた亡き兄の子供が二人だ。

バクスウェル公爵――カーティス・バクスウェルの立場は少し特殊だ。

実は跡取りであったカーティスの兄が亡くなったため、急遽公爵としてその座についたのだ。

彼は結婚しておらず、婚約者もいなかった。そのため、兄の子を養子に迎えて己の後継ぎに据えた。ともすれば起きかねない家督争いを回避したのだ。

カーティスは甥《おい》と姪《めい》に対して実の子のように接し、特にベアトリスを溺愛した。そんな公爵の自慢の令嬢であるベアトリスは、領民にとっても自慢のお嬢様だった。

その自慢のお嬢様は、城のバルコニーで午後の紅茶を楽しんでいた。

「ふぅ……」

小さく吐息をこぼし、ベアトリスは持っていたカップをソーサーに戻す。

気の強そうなきつい顔立ちの美貌には、どこか安堵に似た感情が滲《にじ》んでおり、彼女がリラックスしているのが見て取れる。

「やっと、終わった……」

自らこぼした呟きは、彼女の胸に『終わり』の実感を強くもたらした。

彼女、ベアトリス・バクスウェルは転生者である。

前世はごく普通の女子高生だった。通学途中で事故に遭い、気づけばこの世界に転生していたのだ。

そんな彼女が転生したのは、なんと、前世で好きだった乙女ゲーム『精霊の鏡と魔法の書』の世界だった。しかも、転生先は悪役令嬢ベアトリス・バクスウェルだ。

彼女は王太子アルフォンス・ルビアスの婚約者であり、彼を愛するあまりに彼に近づく女を酷く威嚇《いかく》し、嵌《は》め、貶《おとし》める女だった。

悪役令嬢ベアトリスの悪行はアルフォンスだけに関わるものではなく、他の攻略対象に対してもそうだ。

まず、魔法の天才であるコーネリアス・ルーエンは、バクスウェル公爵領にある孤児院出身であった。彼は才能を見出され、公爵家に引き取られて色々と援助を受けたが、それゆえにベアトリスに逆らえず、彼女の便利な道具として扱われていた。

コーネリアスルートでは彼を助けることが主眼となり、最後にベアトリスは様々な悪行がバレて王太子であるアルフォンスにより断罪される。

もう一人は、騎士団長の息子であるジオルド・デュアー伯爵令息だ。

真っ直ぐな気質の彼は、悪事を繰り返すベアトリスと真正面からぶつかるのだが、彼の兄が病にかかったことで立場が一変することになる。

それは、彼の兄を治すための薬が、バクスウェル公爵家の薬師しか作れない貴重なものだったからだ。

薬を盾にとられてベアトリスの命令に逆らえなくなった彼は、彼女にいいように扱われる。

ヒロインはそんな彼を支え、彼と共にベアトリスの悪事を暴き、やはり彼のルートでも王太子によってベアトリスは裁かれる。

ベアトリスは、アルフォンス、コーネリアス、ジオルドルートの悪役令嬢だった。

しかし、それはゲームでのお話。ベアトリスはもちろんそんなことはしなかった。

現実では、コーネリアスを見つけたベアトリスは彼の才能を引き出し、義父を説得して彼を支援した。そして、ジオルドの兄の病気を知ると薬師を派遣し、結果病状は快方へ向かった。

コーネリアスもジオルドもバクスウェル公爵家に感謝し、二人はベアトリスと交流を深めた。

三人の間には、画面の向こうのような悪夢など欠片もない。

ベアトリスの破滅フラグは三つ。その内の二つが無事に折れたのだ。

しかし、残念ながらアルフォンスとの婚約は避けられず、一番厄介なフラグは立ってしまった。

アルフォンスは優しい少年だった。

彼はベアトリスに対して柔らかい態度で接してくれた。しかし、ベアトリスはすべてのルートで自分を断罪する彼の姿を知っていたため、つい逃げ腰になってしまい、彼と距離を詰められなかった。

それにアルフォンスは攻略難易度が最も低いキャラクターだ。いずれヒロインに攻略される可能性が高いと思うと、彼に心を寄せることができなかったのだ。

そうしてモダモダしているうちに、ベアトリスは出会ってしまった。前世からの推し、第二王子シリル・ルビアスに……

シリルは優秀な兄を尊敬しながらも、コンプレックスを抱いているキャラクターだ。そんな彼の心を解きほぐし、ある出来事をきっかけに自信をつけさせるのが攻略の鍵となる。

ベアトリスが『悪役令嬢ベアトリス』として転生していなければ、彼の攻略に乗り出していたかもしれない。しかし、今はアルフォンスの婚約者の『ベアトリス』なのだ。ベアトリスの目にシリルがどれほど素敵な男の子に映ったとしても、彼にアプローチまがいなことはできなかった。

しかし、どんなに秘めたとしても、想いとはふとした時に溢れるものだ。

シリルはベアトリスの想いに気づき、ベアトリスも彼に想われていることに気づいた。

ベアトリスは前世の推しであったシリルに最初から好意を抱いていたし、現実として目の前に現れた彼は理想の体現者だった。これで恋心を持つなというほうが難しい。

一方、シリルは美しく優秀で、優しい年上のベアトリスに憧れを抱いていた。しかし、ふとした時儚げな顔をする彼女に庇護欲を掻き立てられ、結果、見事に初恋をかっさらわれた。

けれど、ベアトリスはアルフォンスの婚約者だ。二人は結ばれない運命だった。

悲恋は人を酔わせ、秘密は繋がりを強くする。

それは、たった一度だけの幸運だった。

ただの偶然。ある日二人は誰もいない庭園で鉢合わせた。

静かな庭園にこぼれるのは、二人の声。

いつしか言葉を交わすことも忘れて見つめ合い、お互いの瞳に焦がれる想いを見つけて。

ただただ想いに突き動かされて、手を取り合って、絡め。

シリルの口が、音を出さずに「愛しています」と動いたのをベアトリスは確かに見た。

ベアトリスは、それを忘れたことはない。

一度だけだった。

本当に、わずかな時間の、一度だけの逢瀬だった。

二人は地位ある人間だ。いつだって誰かに見られており、切ない目をお互いに向けるしかできない。

口には出せず、態度にも出せせぬ秘めた想いは、二人を酔わせ、その恋心を強固なものにした。

こうなってしまえば、もうベアトリスにアルフォンスを愛することは不可能だ。

ヒロインに怯えながらも、彼女が自身の婚約者であるアルフォンスを攻略することを願ってしまう。

義父もベアトリスが婚約を嫌がっていたのを知っており、何かあればすぐに婚約を解消できるよう準備しておくと言ってくれた。もし、それで嫁の貰い手がなくなったとしても、ずっと家にいればいい、とまで言ってくれた。

そんな環境もあって、ベアトリスはアルフォンスに歩み寄る必要はなかった。

アルフォンスもベアトリスの頑なな態度に、いつしか親密な関係になることを諦めた。その結果、ベアトリスとアルフォンスの仲は良くもないが悪くもない、はたから見ればお互いを尊重したお手本のような、けれど内実は淡々としたものとなった。

そして時は流れ、ベアトリスは学園に入学し、ヒロインを見つけた。

彼女は天真爛漫《てんしんらんまん》な、普通の少女だった。

身分をわきまえ、出しゃばることをせず、自分の身に釣り合った付き合いをしていた。

それを越えたのは、やはりアルフォンスとの出会いからだった。

アルフォンスに気に入られ、こっそり会って話をしたり、ちょっとお茶をしたり。

しかし、隠れてはいたものの、二人きりではなくて、必ず第三者も同席しての交流だった。適切な距離を持ち、名前を付けない関係を保っていた。

だが、人目を忍んでいても、王太子殿下は目立つ存在だ。いつしかアリスの存在は誰かの目に触れ、二人の関係は密やかに艶を含んだものだと噂《うわさ》をされるようになった。

それは、アルフォンスに憧れを持つ令嬢達には、面白くないことだ。美しく賢い公爵令嬢が相手なら諦められるが、相手はしがないただの男爵令嬢だ。胸に渦巻く感情をぶつけるのに遠慮はいらないと、彼女達は判断した。

そうして、アリスは嫌がらせを受けるようになった。

ベアトリスはやんわりと、それとなくやめるよう動いたが、やり口が巧妙になるだけで効果はなかった。

この時、アルフォンスは動かなかった。どうやらヒロインは彼を攻略しきれていないようだ。もしかすると、ベアトリスが悪役令嬢として動いていなかったからなのかもしれない。

だが、油断はできない。

卒業式が近づくにつれ、ベアトリスは落ち着きをなくしていった。

そんなベアトリスの様子に気づいた周囲の人間が、ベアトリスのために動いた。言葉巧みにベアトリスの不安を聞き出し、身の潔白を証明する証拠を集めたのだ。

そして、その不安は的中する。卒業式が近くなって、アルフォンスに動きがあった。

その頃には周囲の人間の協力のおかげで、ベアトリスは自身の潔白を証明する証拠を持っており、万全の態勢で卒業式に臨んだ。

そして起こった断罪劇。

ベアトリスはアルフォンスの言いがかりを論破し、どうにか断罪イベントを乗り越えた。

国王陛下には謝罪をいただき、この後に起きるだろう混乱を避けるため、静養ということにして領地の城に戻ってきた。

これでもうゲームはおしまい。

エンディングを迎え、あとは真っ新な未来が待っている。

悪役令嬢モノのライトノベルなどでは、この後は誰かしらに求婚されるのがお約束だ。その求婚相手にシリルを思い浮かべてベアトリスは頬を熱くする。

ベアトリスは自分の想像が恥ずかしくなり、誤魔化《ごまか》すようにカップに残った紅茶に口をつけた。


この時、ベアトリスは、気づいていなかった。

ベアトリスが王太子を狂愛する悪役令嬢にならなかったことで、逆に損害を被った人間がいたことに。

ベアトリスを溺愛する義父が、裏でひっそりと動いていたことに。

『乙女ゲーム』の物語にエンドマークがついたとしても、事は未だに動いており、より悍《おぞ》ましい人間の思いが吹き出そうとしていたことに。

大事に育てられた箱入り令嬢は、何も気づいていなかった。

＊＊＊

ふんふ～ん、とアリスの下手な鼻歌が村はずれの森の中に溶ける。

アリスはアルフォンスに食べさせる肉を狩るため、精霊との契約を目指して歩いていた。

精霊との契約など、考えついたからといって実行に移せるようなものではない。なにせ、その精霊を見つけることが困難だからだ。

しかし、アリスにはそれを可能にするかもしれない心当たりがある。

乙女ゲーム『精霊の鏡と魔法の書』には、隠しイベントがあった。

それは、ヒロインと契約した大精霊の里帰りイベントである。

ある日、大精霊は自身が生まれた場所で近々精霊の祭りが行われると話し、それにヒロインを誘う。

その生まれた場所は精霊界と呼ばれており、この世界とは違う、一つ幕で区切ったように隣り合う世界なのだとか。そんな精霊界の入り口が、なんとこのコニア男爵領にあるのだ。

「確か、この辺の木に……」

アリスが探すのは、根元に洞《ほら》のある大樹だ。

大樹の洞《ほら》の中には、青い花が咲いており、その花は不思議なことに一年中枯れることはない。

村では、精霊の加護を受けた花だから摘んではいけないと教えられており、誰もがその花を目で愛でるだけで、触れるようなことはなかった。

しかし、実はその花こそが精霊界への入り口だったのだ。

アリスはその花を見つけ、ドキドキしながら手を触れる。そして——

「わぁ……」

次の瞬間、目の前に広がっていたのは、大きな湖と、そのほとりに咲く美しい花々だった。

花々の周りや、湖の上にはふわふわと小精霊が舞い、風と共に舞う花弁と踊るその様は、とても幻想的なものだった。

まさにこの世のものとは思えぬ美しい光景に見蕩れていると、アリスに気づいた精霊が寄ってきた。

「あら、珍しい。人の子だわ」

「人の子ね」

「珍しいね」

きゃらきゃらと笑いを含んだ声に、アリスは我に返る。

「あっ、えっと、こんにちは！」

「うふふ、こんにちは」

掌大の小精霊達は、アリスの周りをくるくると飛び回る。

「人の子がここに来るなんて珍しいわ」

「迷子かしら？」

「それとも何か用があるの？」

興味津々といった様子でこちらに集まってきた小精霊に、アリスは告げる。

「ええと、実はお願いがあってきました」

背筋を伸ばし、続ける。

「どなたか、どうか私と契約してもらえないでしょうか！」

アリスの言葉に、ざわめいていた精霊達がピタリと話すのをやめ、じっとこちらを見つめる。

彼らの顔には笑顔はなく、ただ見定める目でこちらを見つめる。

人外の、力ある存在のそれには、圧力があった。

それは、ピリピリとしたものではなく、ぞっと背筋が冷えるような妙な寒気を覚えるものだ。

(んん～!?　これはちょっと、まずったかな？)

よくよく考えてみれば、精霊の力をマイナス方面の私利私欲のために使おうとする人間がいそうだ。彼らは、アリスがそういう人間かどうか見定めようとしているのだろう。

(うん、これ、まずいよね。私も私利私欲の塊だし……)

この精霊との契約を思いついたのは、今日のことだ。ちょっと手伝ってもらえないかな～？　と足取り軽くやってきた。足どころか、頭が軽い行動だ。反省しなければならない。

しかし、アリスはここで引くわけにはいかなかった。

今後の、イケメン旦那とのラブラブ新婚生活のために!!

「どうか、うちのダーリンに食べさせるお肉をダンジョンに獲りに行くお手伝いをしてください!」

素晴らしい胸筋をお持ちのダーリンのため。そして、それをいつか堪能するのだと私利私欲を通り越した破廉恥極まりない野望のために、アリスは潔く土下座をかましたのだった。

＊＊＊

なんか想定していた欲の種類とちょっと違うぞと感じた精霊達は、珍獣を見るような目をアリスに向けた。

「実は私、最近結婚したんですけど——」

アリスは背筋を這うような寒気がなくなったと感じると、畳みかけるようにぶちまけた。

王子様に親切にされ、交流を重ねて好きになったこと。

彼に気にかけられたことで嫉妬され、嫌がらせを受けたこと。

その末の不自然な断罪劇のこと。

罰としてその王子様と結婚させられたこと。

王子様はアリスに好意を持っているけれど、それは恋愛感情に満たないこと。

その王子様は、まるで燃え尽きたかのように元気がないこと。

「何か事情がありそうね」

「ワァ、王家の闇ってヤツだね！」

精霊達がかなり俗っぽい興味の示し方をしている。気持ちは分かる。ドロドロの王家の闇を描いたドラマとか、風呂上りのビール片手に観たい。

そんなことを脳の片隅で考えながらも、アリスは更に言葉を重ねた。

王子様を元気づけたいこと。

そのためには肉を食べさせればいいと聞いたこと。

コニア男爵領のダンジョンの下層に、とても美味しい肉をドロップする魔物がいること。

その肉を食べさせてあげたいこと。

「健気《けなげ》ね」

「男は胃袋からってヤツ？」

精霊達は感心するかのように頷き、アリスの真心を聞く。

そんな精霊達の様子に、アリスの語りに熱が入る。

王子様に自分を好きになってもらいたいこと。

あんな素敵な人が夫になるなんて、これを逃したら一生後悔すること。

なんとしてでも彼をオトし、ラブラブ新婚生活をエンジョイしたいこと。

「あら？　なんだか雲行きが怪しいわね？」

「健気《けなげ》がどっか行った」

アリスの欲望に満ちた真心に、精霊達は、あれー？　と首を傾げだした。

しかし、アリスはそれに気づかず、迸《ほとばし》る熱いパトスのままに腹の底から叫んだ。

「私は！　アルフォンス様と仲良くしたいの！　優しくて文武両道のイケメン旦那を逃したくない！　あの顔をあらゆる角度から一生眺めていたい！　あわよくば、あのほどよく引き締まった筋肉を堪能したい！　頭のてっぺんから足の指先まで私のものにしたい！」

地位も名誉もどうでもいい！　アルフォンスという男が欲しい！

ダァン！　と力強く両の拳を大地に打ち付けての魂からの叫びに、精霊達は「欲望に忠実～」と言いながら、警戒が完全に取り払われた生暖かい目でアリスを見つめた。

最早、欲深い人間ではなく、欲深い珍獣として精霊達の視線を集めるアリスは、力強く言い募る。

「もう、こんなチャンスないのよ！　向こうがハイスペックイケメンを手放して、わざわざ結婚までしてくれたのよ⁉　こんなの、全力で囲い込むしかないじゃない！　もちろん、責任はとるわよ！　私の手で溺れるほど幸せにしてみせるわ！」

だから、彼を幸せにするために力を貸して！　と再び土下座する珍獣アリスに、精霊達はどうしようか、と顔を見合わせる。

なんかもう、一周回って面白い人間だ。それに、自分達を利用して悪しきことを成そうという気はなさそうだ。

小精霊達は面白そうだからいいかな、と思うが、下層ダンジョンで肉をゲットするという彼女の目的を成すには力が足りない。数を集めればそれも可能になるだろうが、残念ながらアリスには複数の精霊を従える才能はない。そうなると、相性の良い大精霊との一対一の契約が望ましいのだが、大精霊は誰も彼もが実力相応にプライドが高く、契約相手を選り好みする。

アリスは世の災厄になれるほどの莫大な魔力を持っているわけでもなく、偉大な賢者になれるような頭脳があるわけでもなく、聖女のように心が清らかなわけでもない。

近年稀に見る珍獣というだけだ。そんな相手に、大精霊が契約を了承してくれるだろうか？

精霊達が顔を見合わせて相談を始めた、その時だった。


——惚れた殿方を手に入れるために我武者羅《がむしゃら》になれるそのパッション、確かに見せてもらったわ！


その声は、耳で聞き取った声ではなかった。頭の中に直接流れてきたのだ。

そんな不思議な声に、アリスは驚きながらもあたりを見回す。

すると、ふわり、と蛍火のような光がぽつぽつと現れはじめた。

「え？」

目の前で起きる不思議な現象に目を瞬かせていると、蛍火はだんだんと大きなものになり、最後にはそれらが一か所に収束する。そして——

「きゃっ!?」

大きな光が弾けた。

あまりの眩しさに、アリスは思わず目をつぶる。

「その熱く燃える愛の炎。まさに、この私と契約するに相応《ふさわ》しい！」

力強い声が耳を打つ。

光が収まり、アリスは目を開ける。

そして、視界に飛び込んできた人物に、目を見開いた。


その人は、美しい朱金の長い髪に、張りのある白い肌をしていた。

ぷっくりとした唇にはピンクのルージュがひかれ、長いまつ毛に縁どられた瞳は、太陽のような黄金。


アリスはごくりと息を呑み、その人を見つめる。


キュッとしまったウエストの上には、アリスより確実にバストサイズが上の逞《たくま》しい大胸筋がのっている。

上腕二頭筋は、筋肉自慢の戦士達が負けたと膝をつくような見事な隆起を見せていた。


「つ、つよそう……」

思わずこぼれたアリスの呟きに、精霊達はさっと視線を逸らす。

アリスの視線の先には、女神のコスプレをした、ゴリマッチョオネェがいた。

＊＊＊

精霊の格を測るのは、実はとても簡単だ。魔力量云々《うんぬん》もあるのだが、それ以前に視覚でそれが判断できるからだ。

精霊は、格が高ければ高いほど、美しくなる。

精霊の外見は獣型や、虫型なんてものもいるが、最も多いのは人型である。

人型が多いのは、人が思考能力に優れ、その行動が複雑であるがゆえに興味を惹かれるからだ。つまるところ、暇つぶしの観察対象として最適な生き物なのである。

そういったことから、影響を受けて精霊は人型をとることが多い。美醜に関してもそうだ。そのため、精霊の強さは人間の美的センスでも判断しやすい。

そんなわけで、ただの精霊でもその美しさは一見の価値があるのに、大精霊ともなれば目を見張るものとなる。

さて、そんな分かりやすい精霊の格なのだが、目の前にいる御仁の格を見た目で測るのは、ちょっと難しいかもしれなかった。

（これは、意見が分かれるお方だわ……！）

目の前の人間の大男サイズのゴリマッチョオネェ精霊は、単純な男女の美しさから外れた外見をしている。

格好は女神のごとき艶やかさなのに、その身は筋骨隆々《きんこつりゅうりゅう》の男性のものだ。だが、下品ではなく、美しくあろうとする努力に付随した、堂々たる自信がこの精霊を一回り大きく見せている。

追い詰められた某ギャンブラーのような顔をして戸惑《とまど》うアリスに、精霊達は無理もないと視線を交わす。

このゴリマッチョオネェ精霊は、精霊達の間でもどう対応すべきか迷う御仁なのだ。

精霊には基本的に性別はないのだが、どちらかには寄る。その気になれば、ちゃんと性別を持ち、他種族との間に子供を持つことすらできる。

そんな、どちらかに性別が寄る精霊だが、この御仁はどちらにも寄せているのだからどう接するのが正解なのか分からない。

アリスが「つよそう」と言った通り、この精霊は強い。このお方は、ここにいる精霊達より格上の大精霊なのだ。精霊達はこのゴリマッチョオネェ精霊の機嫌を損ねるわけにはいかなかった。

そんな緊迫した空気の中、アリスは気づく。

(このお方、髪がすっごく綺麗！　つやっつやのキューティクル！　よく見れば肌も誰よりも張りがあって綺麗だし、目だって白目部分が赤ちゃんみたいに澄んでる！　筋肉だって変なつき方なんてしてないし、むしろ綺麗なのでは？　これは、まさに――)

「健康美の化身！　なんて美しいの！」

ピシャーン！

精霊達は、アリスのバックに雷が落ちる幻を見た。

そして、アリスの発言にゴリマッチョオネェ精霊は「アラァ！」と嬉しそうな声を上げた。

「アナタ、なかなか見る目があるじゃない！」

実のところ、ゴリマッチョオネェ精霊は面と向かって褒められたことがほとんどない。

流行の最先端は常に孤独なモノ、とかなんとか言ってまったく気にせず、常にプラス思考で健康的な精神のままやってきた。己が美しいと思うものを体現し、肯定的な言葉がなくともその道を突き進んできたが、やはり誰かに褒められるというのは気分がいい。

「アタシの名は、ローズ。愛と情熱の大精霊よ」

ふふん、と胸を張ってそう言うゴリマッチョオネェ精霊に隠れ、小さな子供の姿をした掌大の精霊が、「あの方の本当の名前は、ゴルバトス様だよ。炎の大精霊なんだ」と耳打ちしてきた。耳ざとく「ローズよ！」とシャウトされたが。

さて、その大精霊ゴル――ではなく、ローズは、アリスを見下ろして言った。

「アナタの惚れた殿方の愛を掴み取らんとするその情熱、アタシはとても共感するわ。やっぱり、愛を得ようとするなら、待っているだけじゃダメよ。走って鷲掴《わしづか》みしに行くくらいの気概がなくちゃ！」

アリスの脳内で、ビーチフラッグのごとくローズに砂浜で飛びかかられるアルフォンスの姿が再生された。アルフォンスのためならいくらでも盾になる所存だが、簡単に弾き飛ばされるまで余裕で想像できてしまった。勝てる気がしないのは仕方ないと思う。

「愛を成し、愛に生き、愛を残すのがこの世で最も美しい生き方よ！　アナタならそれができる！

アタシがそれを手伝ってあげるわ！」

　そんなアリスの珍妙な想像なぞつゆ知らず、ローズは高らかに宣言する。

「愛に積極的で、情熱的なアリス・コニア！　さあ、アタシと契約しましょう！」

　キラキラを通り越してギラギラと生命力が輝いている大精霊のその言葉に、アリスはしばし呆けた。そして、彼女の言葉が脳に浸透すると、アリスは神に祈りを捧げるがごとく跪《ひざまず》き、「女神様……」と呟いてゴリマッチョオネェ大精霊を大いに喜ばせたのだった。

＊＊＊

　精霊との契約は、とても簡単だ。人間側が何かする必要はなく、精霊側が持ちかけた契約を受諾すればいいだけ。

　そしてアリスは大精霊ローズの契約を受諾し、見事に大精霊の契約者となった。

　契約したからには、精霊は契約者に付き従うものである。よって、帰宅後は色んな意味で大騒ぎになった。

「こちら、大精霊のローズ様！　私と契約してくださって、今日からここで暮らすわ。皆、よろしくね！」

「お世話になるわね！」

　バチコーン！　と派手なウィンクがデニスと屋敷の使用人一同に突き刺さる。ちなみにアルフォンスは部屋に閉じこもっているのでここにはいない。もしいたら、ローズのウィンクに打ち倒されていたかもしれない。

さて。この事態に、屋敷の人間達は動揺した。

えっ、だいせいれい？　ほんとうに？

一同の表情に混乱と困惑が入り乱れる。なにせ、やってきた大精霊がゴリマッチョオネェである。明らかに只者《ただもの》ではないのは一目で分かるが、そのタダモノではなさの種類が予想外すぎた。

「ほら、見てちょうだい、この健康美の化身を！　アルフォンス様を元気にするお手伝いをしてくださるのよ！　この方の協力を得られるなら、アルフォンス様はすぐに元気になるわ！」

「ホホホ！　任せてちょうだい！」

ここにいる面々は、美しいと評判の大精霊の美は人間ごときに測れるものではないのか、などと考えていたが、アリスの言葉によってアッ、そっち方面の美しさなんですね、と納得の表情を見せていた。

さて、屋敷の者達は本当に色々と衝撃を受けていたが、一番早く立ち直ったのは、意外なことにアリスの父であるデニスだった。

デニスはコホン、と一つ咳払いをし、言った。

「そうか。アリスと契約してくださるとは、なんとありがたい」

どうぞ娘をよろしくお願いします、と頭を下げ、まだ仕事があるからと、後のことは家令のクリントに任せて朗らかな笑みを浮かべながら去って行った。なんのことはない。クリントに丸投げしただけである。

丸投げされたことで我を取り戻したクリントは、旦那様コノヤロウと脳内で呟きながらもそれを表には出さず、微笑みを浮かべて言う。

「それでは、お部屋にご案内いたします」

「アラ、いいの？　アタシ、精霊だから部屋とかなくても大丈夫なんだけど、用意してもらえるのなら嬉しいわね」

「もちろんご用意いたします。しばらく客室にてご滞在いただき、どこか気に入ったお部屋がございましたら、そちらを整えますので、お声をおかけください」

そうしてクリントが動いたことで、他の使用人達も我を取り戻し、各々が仕事をすべく動き出す。

そんな光景をにこにこと見ていたアリスは、客室に案内されるローズの後について行こうとして——肩をガッチリ掴まれた。

いったいなんだと振り返れば、そこにいたのは不穏な迫力に満ちた笑みを浮かべるマイラだった。

「お嬢様、これはいったいどういうことか、ご説明願えますね？」

アリスの肩を掴むマイラは、それはもう輝かんばかりの笑みを浮かべていた。

笑顔は威嚇《いかく》を起源としているというが、彼女の笑顔は、まさにそれに相応《ふさわ》しいだけの迫力を伴っていた。

＊＊＊

あの後、正座でマイラに説明し、アリスは痺《しび》れる足に苦しみながら小言を聞くこととなった。

「まったく、お嬢様はどうしてそう猪突猛進なんですか。精霊にこちらから契約を持ちかけるなんて、無謀もいいところですよ。怒りをかって、殺されたって文句を言えない行為なんですからね！」

「はいぃぃぃ……」

ベッドの上で痺《しび》れる足をぷるぷるさせているアリスに、マイラはまったくもう、と溜息をつく。

精霊の力を私利私欲のために利用しようとする人間は昔から後を絶たず、そうしたことが煩《わずら》わしくて精霊達は精霊界に引っ込んでしまった、というのが人間達の間に伝わる俗説だ。

マイラはその俗説がわりと真実に近いのではないかと思っている。これまでに金や権力にすり寄る人間を何人も見てきた。ああいう者が力を寄越せとやってきたら、煩《わずら》わしいに違いない。昔、何かの折にそういう発言をして貴族が精霊に殺されたという話を聞いたことがあった。アリスもまた、そういう人間と思われて殺されていたかもしれないのだ。マイラの小言は当たり前である。

マイラは改めて自分が仕えるお嬢様を見る。

いったいどんな運命の悪戯《いたずら》か。この猪《いのしし》のようなお嬢様は、その精霊との契約に成功してしまった。

それも、相手は炎の大精霊というではないか。

(言いはしませんが、さすがはお嬢様ですね)

マイラはアリスの無謀を叱りはするが、実のところ内心では誇らしさがあった。

(このことを知ったら、お嬢様を退学にした連中はどう思うかしら。ま、すべては今更ですけど)

大精霊に限らず、精霊との契約は、国への報告義務がある。普通であればアリスは田舎貴族の男爵家から国に取り上げられ、場合によっては侯爵家以上の家の養女となる可能性があった。

しかし、それはもう不可能だ。なぜなら、臭い物に蓋をするかのごとく、アリスはアルフォンスと結婚させられ、このコニア男爵領に押し込められたのだから。

（お嬢様の力を欲しようにも、継承権は失ったとはいえ王族を伴侶に迎えていて、しかもそれを推し進めたのは国王陛下。別れさせることは不可能。何より、お嬢様の身分が低いことをいいことに、王都ではお嬢様が悪女であるかのように扱われている）

アリスはアルフォンスと結婚できて、現状に大変満足しているが、普通であれば恨み、激怒していてもおかしくはない。

（そんな力ある存在を味方につけた令嬢を、王都に呼びつけるなんてできないでしょうね）

大精霊の契約者は、国にとって極上の盾であり、矛だ。他国に対する抑止力にもなり、いざという時の大きな戦力にもなる。

（ただ力を手に入れただけなら、お嬢様の暗殺もありえた。けれど、お嬢様が成したことは、大精霊との契約。精霊は契約者を理不尽に殺されたら、精霊によっては相手に報復する）

そして、その報復の規模は精霊によるのだ。一人で済むこともあるが、町一つが更地になったり、一族滅したりしたこともある。

（きっと、あの大精霊はお嬢様を大切にしてくださるわ）

あの普通ではない大精霊は、その普通でなさぶりがアリスと相性が良さそうに見えた。

国は自身が追い出した令嬢に手出しできず、気を使いながら臍《ほぞ》を噛むこととなるだろう。

（ざまぁみろ）

マイラはアリスが大切だった。だから、アリスに泥を被せて終わりにした連中が嫌いだ。なんならアルフォンスにもあまり良い印象がないが、アリスのあの懐きようから性根は良い人なのだろうとは思っている。

（お嬢様さえ幸せなら、私はそれでいい）

アリス第一の忠実な侍女は、未だに足の痺《しび》れに悶《もだ》えるアリスの間抜けな姿に苦笑しながら、その痺《しび》れをなんとかしてやろうと容赦なくその足を掴み、アリスが上げる悲鳴を無視してマッサージを施したのだった。

第三章

最近、屋敷が騒がしい。

窓の外をぼんやり眺めながら、アルフォンスは思った。

つい先日、アリスが大精霊と契約したと聞き、驚いたのは記憶に新しい。

大精霊と契約できるなんて、彼女はとんでもない幸運の持ち主だ。なんて素晴らしいことだろうと思うと同時に、申し訳なくて気分が落ち込む。

なぜ、自分はアリスに令嬢として傷がつくようなことを仕出かしてしまったのだろうか。もっとやりようがあったのではないかと後悔が押し寄せる。

申し訳なかった、と一つ溜息をついたところで、気づいた。

アルフォンスに充てられた二階の部屋の窓辺の下に、アリスがいることに。

彼女は、一人ではなかった。

「さあ、アリスちゃん！　頑張って！　恋も仕事も体力勝負よ！　アタシの力を使うことも、まず体力がなくっちゃ！」

「はい！　ローズ様！」

アルフォンスは、ゆっくりと瞬いた。

(何か……、いたな……？)

眼下を走り抜けていったのは、女神コスのゴリマッチョオネェと、運動着姿のアリスである。

一国の王子であった彼は、選ばれたモノしか目にしたことがない。それはつまり、ある意味箱入りということだ。

そんな彼が目撃した未知なる存在を前に、意識が宇宙まで打ち上げられ、しばらく帰ってこられなくなったのは、仕方のないことだった。

＊＊＊

大精霊ローズと契約したアリスだったが、当然ながら彼女の力をなんの訓練もなく使えるようなことにはならなかった。

　まず体力をつけるべく走り込みをし、ローズに力の使い方を習い訓練すること一週間。さすがに劇的なレベルアップなどはできやしないが、意外と体力とセンスがあったアリスは、精霊の力を借りての攻撃に関してある程度流れのようなものを掴んだ。なので、一度魔物相手に試すべく、アリスはローズからダンジョンアタックの許可を貰った。

　二人は装備を整え、ダンジョンへと向かう。

「今回は初心者コースの上層だけね。確か、上層は地下五階層までなのよね？」

「はい、そうです」

　ローズの問いに、アリスは頷く。

　コニア男爵領のダンジョンは、五階層までが上層で、それ以下が下層となり、二十階層から下が深層となる。このダンジョンは踏破されておらず、何階層あるかは不明だ。

　ちなみに、ダンジョンには到達階層まで転移できる魔法陣が設置されているため、行き来は楽だ。なお、そういう魔法陣があるがゆえに、中層がないからすぐに下層へアタックできる、というコニア男爵領のダンジョンの旨味はほぼ意味のないものとなるので、余計にこのダンジョンは流行らない。なかなか上手くいかないものである。

　そして向かったダンジョンの一階層。

　一階層は、洞窟だった。

　出てくる魔物は、鋭い牙を持つ大ネズミ型の魔物と、コウモリ型の魔物だ。どちらもさして強くはないが、そこそこ素早いので、対魔物戦のいい練習相手となる。

「精霊との契約での強みは、精霊の力を行使できること。つまり、アタシの情熱の炎を使えるようになるわ」

「はい、ローズ様」

一階層を進む前に、今一度確認をする。

ローズの力を借りての戦闘の仕方は、とてもシンプルなものだ。

まず魔法にて身体能力強化をして、ローズの力を長剣に宿し、さながら炎の魔法剣のような状態にしてぶった切る。お前はそれでも乙女ゲームのヒロインかとツッコミが入りそうなほど雄々しい姿である。

普通、アリスのような『少女』が精霊と契約したなら、精霊自ら敵対者を攻撃し、契約者を守ってくれそうなものだ。実際、ゲーム上でヒロインが契約した大精霊はそういう風に攻撃のアクションをとっていたし、現在ベアトリスと契約している大精霊もそのように力を行使している。

ローズがメインはあくまでアリスであることにこだわるのは、アリスがそう願い、そういう契約をしたからだ。

そもそも、アリスは愛するダーリンのために自ら獲物を狩りたいので力を貸してほしいと願い、契約した。なのに、ローズがアリスを後ろに下げ、守りながら獲物を狩るのでは、ちょっとおかしいのではないか。そういうことから、アリス主体の戦闘スタイルとなったのだ。

「ま、さすがに危なくなったら手を出すから、やれるところまでやってみて」

「はい！」

そうしてアリスは上層部のダンジョンアタックを行うことになったわけだが、意外と上手くいっていた。

「とりゃぁぁぁ！」

「グギャッ⁉」

大ネズミ型の魔物を一撃で葬り……

「せいやぁぁぁ！」

「キュビッ⁉」

コウモリ型の魔物も、長剣からローズの力を借りて炎弾を飛ばすという遠距離攻撃で灰にした。

「ちょっと、予想外というか、予想以上というか……」

ローズが驚きに目を見張る。

本当に上手くいっていた——というより、上手くいきすぎていた。

「普通はもっと手こずるのよ？　センスがある方だとは思っていたけど……。アリスちゃん、アナタ、精霊使いとして才能があるわ」

パチパチと長いまつ毛に縁どられた目を瞬かせながら、自身の契約者の意外な才能に、ローズはじっとアリスを見つめる。

実のところ、アリスは学園で、こうした実践的な実技の成績はかなり良かった。教師から女性騎士の道を勧められたこともあるほどだ。

アリスはローズに褒められて嬉しそうに笑みを浮かべており、ローズはそんな契約者の様子を見ながら、うーん、と唸《うな》る。

「これはちょっと、計画を変更する必要があるかしら……」

よし、そうしましょう、と何かを決めたらしいローズに、アリスは不思議そうに首を傾げたのだった。

＊＊＊

なぜ、こんなことになったのか。

アリスは遠い目をしながら思う。

「オーッホッホッホッホ！」

ダンジョンに、野太くも高くけたたましい笑い声が響く。

「そんな脆弱な守りで、アタシの情熱の炎を防げるとでも？」

舐めるように広がる赤い炎が、魔物達を次々に灰へと変えていく。

先ほどまで新鮮な肉だと魔物が群がってきていたのだが、今は目の前の化け物から少しでも離れなければと必死になって逃げ回っている。その光景はまさに阿鼻叫喚《あびきょうかん》。地獄の炎に焼かれる罪人のごとし。

「ワァ……」

アリスはそんな光景を、悟りを開いたかのような目で見つめていた。

さて、なぜこんなことになっているかというと、すべてはアリスの予想外の才能が発覚したからだ。

アリスが一階層から五階層まで魔物を危うげなく狩り、余力まで残していたことから、ローズに下層を少し見学してみないか、と提案されたのだ。

「もちろん、魔物を狩れだなんて無茶は言わないし、いざという時はアタシがアリスちゃんを守るわ。ただ、下層の魔物のレベルを実際にその目で見てほしいの」

そう言われ、確かに下層のレベルを一度目にしておいたほうがいいかもしれないと思い、アリスはローズと共に六階層に下りることにした。

六階層でまず目にしたのは、古い城内を思わせるような、石造りの真っ直ぐな回廊だった。

ローズは回廊を見て、うーん、と首を傾げてしばし悩み、アリスに尋ねる。

「確か、この先は結構な広さのある空間なのよね?」

「はい。闘技場のような造りになっているそうです」

このコニア男爵領のダンジョンは流行ってはいないが、挑戦者がいないわけではない。

ダンジョンの情報を冒険者ギルドが買い取っているため、それなりの数の冒険者がこのダンジョンへ入り、情報を冒険者ギルドに売っていた。冒険者ギルドは買い上げた情報をまとめ、マップなどにしたりして売っているのだ。

そのため、アリスもこのダンジョンのマップや情報などを冒険者ギルドから仕入れていた。だから、六階層がどういうところなのかを知っていた。

「出現する魔物は、A～B級クラスが一匹ずつランダムで出てくるそうです。ただし、五匹以上斃《たお》すと一気に十匹以上の魔物が出現するそうなので、一匹斃《たお》したらすぐに闘技場から出たほうがいいみたいですね」

アリスの情報に、ローズが「アラ、練習にはおあつらえ向きね」と笑う。

「そうね。それなら、まず戦い方の見本としてアタシが戦うわ。アナタには指一本触らせるつもりはないけど、一応、すぐに撤退できるように警戒はしておいてね」

「はい。分かりました」

そうして、アリスとローズは闘技場に向けて足を踏み出した。

＊＊＊

「さて、アリスちゃん。よぉく、アタシの戦い方を見ておくのよ！」

「はい、ローズ様！」

足を踏み入れたそこは、いかにも朽ちた古代の円形闘技場といった風情の場所だった。

アリスは闘技場入り口に待機し、ローズは闘技場の真ん中まで足を進める。そして、真ん中まで差しかかったところで、数メートル先に魔法陣が浮かび上がり、魔物が出現した。

「アラ、いかにもといった感じね」

出現した魔物は、獅子《しし》と山羊《やぎ》、そしてドラゴンの頭を持ち、尾が蛇の三つ首の化け物、キマイラだ。

キマイラが威嚇《いかく》の唸《うな》り声を上げてローズを見つめる。対するローズは薄すらと笑みを浮かべ、余裕の表情だ。

「さあ、遊んであげるわ、子猫ちゃん！」

「グギャォォォォォ!!」

ローズの挑発を合図に、両者は駆けだした。

キマイラの剛腕が空気を切り裂き迫るが、ローズはそれを難なく避けて獅子《しし》の横面に拳を叩き込む。

しかし、その拳に噛みつこうとドラゴンの頭が牙を剥く。

すぐさま拳を引き戻そうとするが、それは少し遅く、そのまま噛みつかれそうになり――愛と情熱の大精霊は己の拳を燃やした。

驚いたドラゴンの頭は慌てて身を引き、両者は距離を取った。

「アリスちゃん、今のは見ていたわね！　情熱の炎は攻撃以外にも、こうして不意を突いた防御としても使えるから、覚えておいてね！」

愛と情熱――もとい、炎の大精霊たるローズや、その契約者であるアリスは炎を自在に操れるため、炎を身にまとっても怪我をすることはない。それどころか、自分が操る炎であれば、髪や服も燃えないのだ。

キマイラは炎をまとう拳を警戒してこちらに対して唸《うな》るだけだった。しかし、強い魔物は頭がいい。ローズの炎が自身に決定的な傷をつけるほどの威力はないと看破し、襲いかかってきた。

だが、それもローズは想定していた。

すぅぅ、とローズが息を吸うと同時に、腕の筋肉に力が漲る。そして――

「我が情熱、その身に受けるがいい！」

炎が白く燃え上がる。

「《炎熱極拳》《ファビュラス・ローズマジック》!!」

ルビと地の文が明らかに合っていないだろう技は、獅子《しし》の頭を吹き飛ばし、その余波で二つの頭も吹き飛ばした。

どう、と重い音を立ててキマイラの躯《からだ》が闘技場の床に転がる。そして、その体は魔素の塊と化して散ってゆき、後にはドロップアイテムであるキマイラの皮が残った。

ローズはドロップアイテムを拾い上げ、アリスに「あげるわ」と言って渡す。

「え、でも……」

「ほら、アタシにかかる生活費代わりにでもしてちょうだい」

それに、毛皮って好みじゃないのよねぇ、とローズは逞《たくま》しい肩をすくめる。

「気になるなら、アタシに似合いそうなものでもドロップしたら、それをくれたらいいわよ」

そう言って笑うが、実のところ、精霊はあまり物欲がない。なにせ、自然の中から誕生し、その中で生きる存在である。物は邪魔にしかならない。せいぜい、身を飾るような物しか持たないのだ。

アリスはローズの厚意をありがたく受け取り、このドロップアイテムを売ったお金でローズに似合いそうなアクセサリーを買おうと思った。人間社会での買い物は精霊のローズでは難しく、人間のアリスだからできることだ。これもまた、金銭の循環の一つであり、持ちつ持たれつというものだろう。

そうしてローズと話しているうちに、二体目の魔物が現れる。

アリスはすぐに安全圏まで退避し、ローズは魔物に向き直る。

見取り稽古の第二戦が始まった。


さて、突然だが、ここで一つ精霊の性格の特徴を記したいと思う。

実は精霊には属性ごとに性格の特徴というものがあった。

水の精霊は慈しみぶかく寛容だが、怒れば手が付けられなく、すべてを台なしにするような怒り方をする。

風の精霊は気まぐれで、ひとところに留まることはなく、悪戯《いたずら》好きだ。

大地の精霊はのんびり屋だが、活発に動き出したら、周りを巻き込むような大騒動を起こす。

そして火の精霊は明るく活発で、好戦的な性格であり、夢中になると周りが見えなくなることがある。

――そう。ローズもまた、そんな火の精霊の性質を持つ大精霊だったのだ。

「《大炎獄殺陣《ローズ・ビッグラブ・ハリケーン》》!!」

「うわぁ……」

アリスは安全圏から、ローズの暴走を遠い目をしながら見守る。

ローズは炎の大精霊だ。彼女ももちろん、同類たる火の精霊の性質を持っていた。

最初は良かったのだ。ローズは順調にアリスに戦い方を教えるべく魔物を一匹ずつ狩っていた。

しかし、四匹目あたりから怪しくなっていっていた。

好戦的な性質のままに、彼女は魔物を屠《ほふ》るのにテンションが上がっていき、ついに五匹目を斃《たお》した後、それが爆発した。

「魔物の大量発生でテンションがふり切れちゃったのね……」

一匹ずつ現れていた魔物だったが、六戦目でいきなり二十四もの魔物が現れ、ローズは興奮のままに高笑いをし、大火力で魔物達を滅殺した。

それまでローズの強さに純粋にすごいと瞳を輝かせていたアリスだったが、さすがにAランク相当の魔物達が炎に呑まれて炭と化していく光景を見れば顔が引きつる。もしかして、戦うのが楽しくてある意味我を忘れていらっしゃるのでは？

アリスはローズの状況をすぐさま察し、己の身を守るべく更なる安全圏へと退避した。

それからはもう、ローズだけが楽しいキャンプファイヤーの始まりである。

魔物達は出現する傍から次々に炎に呑まれ、ドロップしたアイテムは炭と化し、地獄絵図の真ん中でゴリマッチョオネェが高笑いしている。地獄に咲く薔薇《ばら》があるのなら、きっとローズくらい逞《たくま》しいのだろう。

アリスはドロップした高級肉が炭と化すのを見ながら、己の唇の端が引きつるのを感じた。

「これ、私はどうすればいいのかしら……」

そんなことを呟きつつ、アリスはなんとも言えぬ顔でそれを眺めることしかできなかった。

＊＊＊

ダンジョンでの地獄の薔薇《ばら》事件は、魔物切れによりローズのテンションが落ち着いたことでピリオドが打たれた。

ローズは転がる炭と化したドロップアイテムを見て自身のやらかしに気づき、慌ててアリスへ謝罪した。

その日アリスがダンジョンで得た一番の成果は、ローズに連続で戦わせるようなことをしてはならないということだった。

そして、そんなダンジョンアタックから一か月――

「《炎熱破剣《ファイヤー・ブラストソード》》！」

――ドゴォオオン！

炎に包まれた長剣が、鼻先に角を生やした巨大猪《いのしし》の横っ面に叩き込まれた。

巨大猪《いのしし》は悲鳴を上げる暇もなく地面を派手に転がり、そのまま動かなくなる。そして――

「よしっ！」

アリスがガッツポーズを決める前で、ハラハラとその身を魔素へと変え、その場にドロップアイテムを残して消えていく。

アリスが緊張と共に息を大きく吐き出している横で、ローズは残されたドロップアイテムを見て声を上げる。

「アラ、アリスちゃん！　ついにやったわよ！」

「え？」

ローズの喜色に満ちた声を聞いて、アリスはそちらへ視線を向けた。

「ホラ、これ！」

差し出されたそれを見て、アリスはぱっと嬉しそうに破顔する。

その日、アリスはついに下層で念願の高級肉を手に入れたのだ。

＊＊＊

「なんだか今日は、賑やかだな……？」

アルフォンスは自室の窓から裏庭を忙しそうに行き来する使用人達を見て、不思議そうに首を傾げた。

アルフォンスがコニア男爵領に来てから、既に二か月ほどの時が流れていた。

この地に来てからしばらくは、燃え尽き症候群とでもいうべきか、何もやる気が起きずにいた。

しかし、アリスが大精霊と契約したと聞いてからは、少しずつ外のことが気になるようになってきていた。

まあ、気になるのも当然だろう。アリスが契約した大精霊は、色んな意味で稀に見るような御仁である。まったくの未知との出会いは、アルフォンスに変化の兆しをもたらしていた。

そしてこの日、変化は確実なものとなる。

「アルフォンス様～！」

バッターン！　と、派手な音を立てて開かれた扉に、アルフォンスは驚いて振り返る。

はたして、扉にいたのは書類上妻となったアリスだった。

「こんにちは！　今日は外でご飯ですよ！」

アリスは元気溌溂《はつらつ》と言わんばかりの弾けるような笑顔で、アルフォンスの返事を待たずに部屋へ入り込み、彼の腕を取った。

アルフォンスはアリスの行動に驚いて思わず声を上げそうになるが、彼女の顔を正面から見て、口を閉ざす。

彼女の顔を正面から見るのは、いったいいつぶりだろうか。

コニア男爵領へ向かう馬車では、向かいに彼女が座っていたが、自分は馬車の外をぼんやり眺めるばかりで、まともに彼女の顔を見ていない。

しかし、正面から見てはいないが、アリスが心配そうにこちらを見ていたのは知っていた。

そんな彼女が、嬉しそうに自分の腕を取り、外へと連れ出そうとしている。

アルフォンスはなぜだか彼女の笑顔から目が離せず、されるがまま歩を進めた。

途中、アリスを追いかけてきたらしい侍女に「お嬢様！　廊下を走ってはいけませんし、ノックもなしに部屋へ突撃するのも駄目です！」とお叱りの言葉を受けていた。アリスはそれに反省の言葉を返すも、その顔は笑顔のままだった。

「あの、アリス？　どこへ行くんだい？」

「外です！　今日の晩ご飯は、皆一緒に外でバーベキューですよ！」

そう言ってアリスはぐいぐいとアルフォンスの手を引き、正面玄関から外に出て、更には屋敷の門すらも出た。

いったいどこまで行くつもりなのかと思っていると、屋敷の門を出てすぐにそれがアルフォンスの目に飛び込んできた。

「えっ、あ、『皆』って、そういう……？」

コニア男爵邸の周りは、だだっ広い草原が広がっている。いつもは雑草が風に吹かれてたなびいているのだが、今は綺麗に刈り込まれ、多くの領民が集まっていた。アリスが言った『皆』とは、男爵邸の人々のみならず、領民も指していたのだ。

「うちの領は人が少ないから、皆顔見知りなんです。私、アルフォンス様を皆に紹介したくて！」

頬を染め、好意に満ちた笑顔を浮かべるアリスは、アルフォンスの目には眩しく映った。

そんな二人を領民達は笑顔で迎え、用意していた席へと案内する。

その席から少し離れた場所にはデニスがおり、酒に口を付けて顔を赤く染めていた。そんな父親の姿を見つけ、アリスが眉を跳ね上げる。

「お父様！　アルフォンス様が来る前にお酒を飲むなんて！」

ぷんすか怒る娘を前に、デニスは小さくなり、アルフォンスはまあまあ、と宥《なだ》める。

「私は気にしてないよ。この場は、無礼講の場なんだろう？」

この場では、茶会やパーティーなどの形式ばった空気を感じない。どちらかといえば、城下の祭りめいた空気が満ちている。

しかし、アリスはアルフォンスのためにこの場を用意したのだ。なのに、その主役を待たずに酒を飲むとは何事か。これればかりは娘として小言を言わねば気が収まらない。そう言ってアルフォンスを席に残し、アリスはがみがみと父を叱る。

そんな親子の姿を苦笑しながら眺めていると、少年が皿を持ってこちらに近づいてきた。

「肉が焼けたよ～」

豪快に切られ、串に刺さった肉と野菜をそのまま皿に盛ったものをアルフォンスの前に置き、にこにことご機嫌な様子で少年は告げる。

「これ、ダンジョンのドロップ品の高級肉なんだって。お嬢様が王子様のために沢山狩ってきたらしいよ。王子様、いい嫁さんを貰ったね！」

元気がない時は、肉を食べるのが一番だよ。オレが教えてあげたんだぜ！

そう言って、少年は笑う。

「そんで、王子様はもうコニア男爵領の一員だから、皆で歓迎してほしいって！」

歓迎するぜ、王子様！

満面の笑みを浮かべてそう言い、自分も肉を食べに行ってくると去っていった少年の後ろ姿を見送り、アルフォンスは目を瞬かせる。

そして、受け取った皿に視線を落とし、肉のランクを推察した。

「もしや、下層の……？」

アルフォンスはコニア男爵領にあるダンジョンがどういうものか把握していた。中層のないダンジョンでこのランクの高級肉を手に入れようとするならば、下層へ潜らねばならない。

「まさか、大精霊との契約は……」

アルフォンスの優秀な頭脳が回転し、答えをすぐに弾き出す。

アリスはずっとアルフォンスを心配していた。心配そうにこちらを見る目を覚えている。

ある日突然、大精霊と契約したのだと笑って、庭で訓練を始めて。

ダンジョンに潜ってくるから、お土産を楽しみにしていてほしいと宣言して……

アルフォンスのせいで学園を退学になり、不良物件となった王子と結婚までさせられたのに、彼女はずっとアルフォンスに好意を抱き続けた。

そして、彼女はアルフォンスを元気づけるためにダンジョンの下層へ潜り、高級肉を狩ってきた。

令嬢としては随分とアグレッシブな元気づけ方だが、無駄飯食らいだった自分にはもったいないほどの気遣いだった。

思わず目元を手で覆《おお》い、俯《うつむ》く。

情けない話だった。

それだけの情をかけられる価値のない自分は、これまでいったい何をしていたのか。

けれども、アルフォンスは自身の不甲斐なさを嘆きつつも、その表情はじわじわと口角が上がり、明るいものとなっていく。

燃え尽きて動けなくなっていた心が、顔を上げる。

周りを見渡して、自分に向けられる感情の眩しさに驚いて。

きっとこれからも、アリスに手を取られて自分は駆けていって、彼女と一緒に笑うのだろうという妙な確信を持ってしまって。

乾いていたはずの感情の泉が、再び湧きはじめる。

アルフォンスは切実に願う。

どうか、アリスがもう少しだけこちらを見ないように、と。

笑いながらも、一粒こぼれた涙を、誤魔化《ごまか》す時間が欲しかった。

暗い部屋に、カーテンの隙間から光が差し込む。

光源がそれだけの部屋に、人影が一つ。

人影は背が高く、漏れ聞こえる声は低く、若い男のものだと分かる。

男はぶつぶつと呟きながら、机の上に描かれた魔法陣の上に、何百個もの小指の爪程度の大きさの魔石をばら撒く。

それを見ながら、男は数日前の出来事を思い出す。

男はある人物に魔道具の納品をしに行った。

なぜこんなものが必要なのかと不思議に思ったが、恩ある相手だ。作るのにとても苦労したが、苦労した分だけのものができた。

指輪型のそれを渡し、使い方を説明すると、その人は満足そうに頷いてそれを仕舞った。

その魔道具の受け渡しの際に、ある話をした。

話の内容は、男の愛しい人に関してだ。

男はまず眉をひそめ、その次に激怒し、最後に仄めかされた約束に高揚した。

愛しい人のために、彼女を貶《おとし》めるそれをどうにかしたならば、その隣に立つ資格をくださるとその人は言ったのだ！

そのことを思い出しながら、男は口を愉しげに歪《ゆが》め、呟く。

「すべては、あの方との未来のために……」

愛とは、時に身勝手で、人を狂気に走らせる。

この日、人知れず騒動の芽が芽吹いた。

＊＊＊

アリスのアルフォンスを元気づける&領民への紹介のための催しは、大成功のうちに終わった。

アルフォンスは始終明るい微笑みを浮かべ、手渡された肉や野菜はすべてぺろりと平らげていたので、どうやら食欲が戻ったようだとアリスは安堵した。

催しが終わった翌日、アルフォンスは部屋から出てきて父やアリスに学園での婚約破棄騒動の件を謝罪し、アリスや男爵家のために自分にできることはないかと尋ねてきた。

最初は遠慮していたデニスだったが、何もしないというのは肩身が狭いだろうとクリントに言われ、それなら、といくつかの仕事を任せた。

そして、半月の月日が流れた。

「いやぁ、アルフォンス殿は本当に優秀で助かるな」

「ありがとうございます」

デニスが感心したように何度も頷き、アルフォンスは柔らかな笑みを浮かべて賛辞を受け取った。

ここ半月ほど仕事を一緒にしていたおかげで、義父と義息子の距離は縮まり、仰々しい敬称を使わないようになっていた。

そんな二人を屋敷の人間は良いことだと受け止め、アリスもまたそれを喜んでいた。

さて、こうして仕事を手伝うようになったアルフォンスだが、彼は優秀だった。

まだ十八歳だというのに、すぐに仕事を覚え、素晴らしい手腕で仕事をさばいていったのだ。

その有能さに、デニスはすっかり感心して、半月の間に多くの仕事を任せるようになっていた。

しかし、アルフォンスの有能ぶりが、一つ問題を生んでいた。

「よし、私の仕事はここまでかな」

デニスは満足げに微笑み、席を立つ。そして、執務室のドアを開け、廊下に視線をさっと走らせて誰もいないことを確認し、言う。

「アルフォンス殿、私は畑に――」

「どちらへ行かれるおつもりですか、旦那様？」

ぬっ、と音もなくデニスの背後に現れたクリントに、デニスは「ぎゃぁぁぁ!?」と悲鳴を上げる。

「またアルフォンス様に仕事を押し付けましたね？」

「い、いや、そんなことはないぞ？　私はちゃんと、私の仕事を終わらせたし、アルフォンス殿の仕事は増やしておらんぞ！」

本当に？　とクリントが視線だけで問えば、アルフォンスは戸惑《とまど》いながらも頷いた。仕事の数は増やされていない。だが、任されていた仕事のいくつかを交換していた。仕事の数は合っているが、内容が違う。これは言うべきなのだろうか？

アルフォンスが迷っていると、執務室に顔見知りになった文官がやってきた。

目が合い、会釈されたのでそれに頷くと、ニカッと笑顔を向けられる。男爵家の人間は基本的に愛想がいい。気持ちの良い職場だな、と思いながらアルフォンスも笑みを返した。

そして文官はデニスのもとへ行き、ヒラリと一枚の書類をかざして告げた。

「すみません、男爵様。この書類、確認のサインがアルフォンス様のものになっていますけど、これ、前にスチュアートさんに男爵様ご自身が確認するよう言われていたものじゃありませんか？」

このままでいいんですか？　と尋ねる文官の言葉に、クリントの眦《まなじり》が吊り上がり、デニスは青《あお》褪《ざ》めてガタガタと震えはじめる。

「旦那様？」

「いや、そのな。アルフォンス殿があんまりにも仕事ができるものだから、私より彼に任せたほうが」

「この家の当主はどなたですか？」

「……私です」

小さく縮こまるデニスにクリントは溜息をつき、アルフォンスはどうしたものかと困った顔をしながらそれを見守る。

この半月、アルフォンスはデニスの信用を勝ち取った。……些《いささ》か勝ち取りすぎて、回してはいけない仕事まで回されていたようだが。

お話があります、とクリントに連行されていくデニスの後ろ姿を見送り、アルフォンスは苦笑をこぼしたのだった。

＊＊＊

コニア男爵領でアルフォンスの居場所ができはじめた頃、王都にいる彼の元婚約者であるベアトリスは居心地の悪い思いをしていた。

樹木は春の花弁を散らし、学園では入学式を終えた新一年生が新しい生活に瞳を輝かせている。

そんな可愛い後輩を二階の渡り廊下から眺めながら、ベアトリスは溜息をつく。

「ベアトリス嬢」

「大丈夫ですか？」

ベアトリスを気遣うのは、幼馴染みである天才魔道士コーネリアス・ルーエンと、騎士としての将来を期待されているジオルド・デュアーだ。

どうやら無意識に溜息がこぼれていたらしく、ベアトリスは笑顔を作って大丈夫だと答えた。

しかし、ベアトリスの様子を強がりだと思ったのか、新たに王太子に任じられたシリル・ルビアスが心配そうにベアトリスの顔を覗き込んだ。

「あまり顔色も良くないよ。無理しないで」

シリルの整った顔が近づいて、ベアトリスは思わず赤面する。

「いえ、大丈夫ですわ。ここのところ忙しかったから、疲れているのかもしれません」

思わず視線を逸らし、そう言うが、シリル達のこちらを気遣うような視線はそのままだった。そ

れにベアトリスは申し訳なく思う。

ベアトリスがこうも元気がないのは、学園を去ったヒロインに原因があった。

ヒロインは去り、アルフォンスとの婚約も彼の有責で解消された。乙女ゲームの頸木《くびき》から解放され、ベアトリスの人生は順風満帆となったはずだった。しかし……

(まさか、ヒロインが大精霊と契約するなんて……)

ゲームはとっくに終わった。ヒロインは舞台から退場し、二度とベアトリスの耳にその名は入らないはずだったのに……

(まさか、世界の強制力とでもいうの?)

ベアトリスは怯えていた。『悪役令嬢』という役に絡めとられ、奈落へ堕《お》とされることを。

(いいえ、これはただの偶然よ。必然だなんて、あるわけがないわ。ああ、でも……、どうしても不安になってしまう……)

ヒロインが契約するはずだった大精霊は、既にベアトリスと契約している。そのため、ヒロインは大きな力を持たない無力な令嬢であるはずだった。しかし、彼女は別の大精霊と契約した。それが、ベアトリスに世界の強制力を感じさせてしまう。

ヒロインが大精霊と契約したという報せが王家に届けられると、王都の貴族達は軽い混乱状態に陥った。なにせ、彼女は貴族達の間では王子を誘惑し、堕落させた悪女扱いをされていたのだ。

実際のヒロインは、アルフォンスと親しくしていたが、そこに決定的な色めいたところはなかった。断罪劇も巻き込まれただけだったのだが、それでも原因の一人ではあるのだからと、責任を取らされた。

そんな、どちらかといえば被害者寄りの真実は、より面白い『真実』に塗りつぶされ、今や彼女はふしだらな稀代の悪女扱いだ。

それなのに、そこでまさかの大精霊との契約である。精霊は心の清らかな者を好むと言われているため、彼女がふしだらな悪女ではありえないことが証明されたようなものだった。

こうなると、言葉には出さないものの、王家の裁定に不満を持つ者も出てくる。大精霊の契約者は貴重だ。その大きな力を利用したいと願う者は多い。しかし、その契約者は領地に押し込められ、伴侶の席は既に埋まっている。あの時、退学させて領地に押し込めるだけで終わらせておけば、もしかすると大精霊の契約者と縁づける可能性があったのに、と口惜しさに歯噛みする者もいた。

その苛立ちを王家だけでなく、ベアトリスに向ける者すら出てくる始末だ。

(私がアルフォンス様をしっかり捕まえておかなかったからだ、だなんて……。皆、勝手だわ。ヒロインが大精霊と契約するまでは同情してこちらに媚びてきたのに、急に掌を返して……)

もちろん、それを表立って言うような者はいない。しかし、水面下では王家やベアトリスを悪く言う者が出てきていた。

(怖い。なんだか、世界が私を追い落とそうとしているみたい……)

もちろん、これは自意識過剰の類なのだろう。しかし、『強制力』にずっと怯えてきたのだ。この漠然とした不安は、どうしても拭えなかった。

しかし、それをシリルに言うのはためらわれた。

王家は既にアルフォンスの愚行で迷惑を被っている。ここにヒロインの件が重なり、求心力を落としていた。王太子となったシリルもまた、それをどうにかしようと足掻《あが》いているのをベアトリスは知っている。

（私の漠然とした不安なんかで、シリル様を煩《わずら》わせるわけにはいかない）

だから、ベアトリスは尚も心配そうな顔をするシリルを安心させるように明るい微笑みを浮かべた。

「ねえ、皆様。もしお時間がおありのようでしたら、ご一緒にお茶でもいかがでしょうか？　学内カフェで新作のケーキが出ましたのよ」

いかにも楽しげなベアトリスの言葉に、シリルもつられるように微笑みを浮かべる。

「ああ、それは楽しみだね。もちろん、ご一緒させてもらうよ」

君達も行くだろう？　とシリルは後ろを振り返り、コーネリアスとジオルドに尋ねる。

「もちろんです」

「ぜひ、ご一緒させてください」

コーネリアスとジオルドも笑顔で頷き、四人は学内カフェへと向かう。

ベアトリスはシリルとおしゃべりをしながら、残りの二人の前を歩いていた。

だから、気づかなかったのだ。

コーネリアスとジオルドが、何かを決意したような顔で、意味深に視線を交わしていたことに。

彼らが何を思い、何を仕出かしたかを知るのは、すべてが終わった後だった。

第五章

「ふえっっっくしゅ！」

「アラヤダ、アリスちゃん、風邪？」

少し心配そうにアリスの様子をうかがうローズに、大丈夫だと告げながら、「きっと、誰か噂《うわさ》してるんですよ」と冗談を言う。

庭の百合の花が見ごろを迎えた、初夏。

アルフォンスが元気を取り戻してからも、アリスは毎朝ランニングを欠かさず行い、勉強の後にダンジョンに潜って肉を狩りに行っている。おかげで男爵家の食卓には、よく高級肉が並ぶようになった。

さて、今日も今日とて日課となったランニングを行おうと屋敷の外に出ると、後ろから声をかけられた。

「アリス、ローズ様、おはようございます」

「アルフォンス様！　おはようございます！」

「アラ、おはよう、アリスちゃんのダーリン君」

朝から素晴らしいプリンススマイルをいただき、アリスは寿命が延びたような気がした。

イケメ～ン、とうっとりするアリスに、アルフォンスが視線を泳がせながら少し言いにくそうに告げる。

「あの、アリス。実は、ちょっとお願いがあるんだけど……」

「はい？」

首を傾げるアリスに、アルフォンスは恥ずかしそうな顔をした。

「その……、今日から、私も一緒に走ってもいいかな？」

「え？」

言われ、気づく。よくよく見てみれば、アルフォンスは運動着を着ていた。

「もちろん、いいですよ！」

イケメンと共にジョギング。朝から素晴らしいご褒美である。

アリスは喜んでその申し出を受け、アルフォンスもホッとしたように微笑んだ。

そんな二人の様子を横から見ながら、ローズが呟く。

「もしかして、体力不足？」

ちょっと窶《やつ》れ気味だったものねぇ、というローズの指摘に、アルフォンスは困ったように微笑んで頷いた。

「その……、私は恥ずかしながら木偶の棒だった時期がありました。その時は食欲がなくて少し痩せてしまったのですが、体力もだいぶ落ちてしまったようで……。食欲はそれなりに戻ったのですが……」

けれど以前より食べられないので、いっそ体を動かしたほうがいいかと思って、と言うアルフォンスに、ローズも同意する。

「それなら運動したほうがいいわね。健康のためにも」

「アルフォンス様も一緒に走りましょう！」

アリスはその言葉を受け、溌溂《はつらつ》とした笑顔で言った。

アルフォンスもそれに笑顔で頷き、二人は軽く準備運動をしてから走り出す。

それをローズは後ろから精霊らしく宙を飛びながらついていき、ふと気づく。

「んん～？」

眉間にしわを寄せて見つめるのは、アリスの後ろ姿だ。

「気のせい……かしら……？」

先ほど、アリスに薄すらと黒い靄《もや》のような陰りがかかっているように見えたのだ。しかし、それは一瞬のことで、今は何も見えない。

「アタシと契約しているから、悪いモノは近づけないはずだし……」

やっぱり気のせい？　と首を傾げる。

精霊の契約者となると加護が自動的に与えられ、悪しきものが近寄れなくなるのだ。

この悪しきものは、人に取り憑くアンデッド系のゴーストや、堕《お》ちた邪精霊、邪妖精、人からの呪詛だ。

ゴーストは人に取り憑いて生気を吸ったりするが、ランクが上がるとその人間を操って混乱をもたらし、多くの血を流させようとする。負の念が彼らの力を増大させるためだ。

堕《お》ちた邪精霊や邪妖精などはそれより悪質で、ただ面白いからという愉快犯じみた思考で人を奈落へ突き落とす。

呪詛などは精霊の加護に触れるとすぐに浄化され、意味を成さないものとなる。

そんな良からぬものを、精霊の加護は遠ざける。特にローズのような大精霊の加護ともなれば、そういった護りは絶大な効果を発揮する。

そのため、ローズは一瞬見えた陰りは気のせいだと判断した。

まさか、大精霊の加護を潜り抜け、契約者に届くような良からぬモノがあるなど、夢にも思っていなかったのだ。

＊＊＊

「ふひっっっくしゅ！」

部屋にアリスの間抜けなくしゃみが響く。

「お嬢様の風邪、なかなか良くなりませんねぇ……」

「これ、風邪じゃなくて花粉症じゃないかしら？」

鼻を啜《すす》りながらそう言うが、マイラはまだ心配そうだ。

「やっぱり、お医者様に診てもらったほうがいいですよ」

「ん～」

気のない返事をするアリスに、マイラは眉を下げる。

そんなマイラに、アリスは心配しないで、と手を振り、ダンジョンに潜るための装備を手に取る。

「お嬢様、体調がよろしくないのですから、ダンジョンへ行くのはやめておいたほうがよろしいのでは？」

「あはは、大丈夫よ。くしゃみが出るだけなんだもの」

マイラの心配を取り合わず、アリスは慣れた様子で装備を身に着けた。

しかし、マイラの顔からは心配そうな感情は拭えず、アリスはそれに苦笑して言う。

「本当に大丈夫よ。私にはローズ様がついてきてくださるし、そう滅多なことにはならないわ」

そう言い置いて、アリスはローズと共にダンジョンへ向かった。

実際、アリスはダンジョンで体調不良に見舞われることもなく、順調に魔物を斃《たお》し、アイテムをゲットしていった。

しかし、問題は起こった。ただし、それはアリスのほうではない。


「アルフォンス・ルビアス！　貴殿に、決闘を申し込む！」

アリスがダンジョンに潜っている昼過ぎ。突然やってきた青年——乙女ゲームの攻略対象にして、悪役令嬢ベアトリス・バクスウェルに攻略された大型犬系イケメン、ジオルド・デュアーに、デニスに村を案内されながら仕事の説明を受けていたアルフォンスはなぜか決闘を申し込まれていた。

＊＊＊

人の成長には、切っかけを必要とする場合がある。

分かりやすく言うなら、英雄物語につきものの主人公を襲う悲劇。立ちはだかる敵。主人公の人格に多大な影響を与える偉大な人物。

良いことも悪いことも、それらすべては経験であり、成長の糧だ。同じ年の人間でも、乗り越えた苦難の数が多い者のほうが、人間的な成熟度が上であることが多い。

さて、今回コニア男爵領に突撃してきたジオルド・デュアーだが、実のところ、彼は乙女ゲーム内のキャラクターであった『ジオルド・デュアー』と比べると、数段子供っぽく、軽率なところがある。

ゲーム内での『ジオルド・デュアー』は、快活で太陽のごとき笑顔が眩しいイケメンだ。しかし、悪役令嬢ベアトリスに脅されて幾多の苦難を味わったために、彼の人生には影が落とされている。彼は悩み、苦しみ、それを乗り越えるために頭を使ってきた。せめて、どうにか救いのあるマシな結果を残せるように。

その結果、彼は思慮深さを手に入れたのだ。

しかし、そうしたことをこの現実世界のジオルド・デュアーはしてこなかった。

順風満帆の人生で、正義感のままに突っ走り、それでこけても助けてくれる人がいた。こけた時に出した被害も、親に叱られて反省する程度で許してもらえる範囲だったため、己の行動を酷く後悔したことがない。

ただ、それは悪いことではない。多くの若者は、そういう青さを持っているものだ。ちゃんと指摘されたことを反省し、償える人間性を有していればいい。

ゲーム内の彼とは違い、そうした青さを持つジオルドは、猪突猛進気味で、指摘されるまで悪人の事情や、成された正義の影に泣く者がいるとは想像できない、いまいち思慮の足りない人間として成長した。

彼は、彼のことを知る人間に、手綱を握る者が必要だと言われていた。

今は青さゆえに考えが浅いジオルドだが、年をとれば様々な経験をして、いずれは思慮深さを手に入れるだろう。それまで彼の暴走を抑えられる人間が必要だと思われていた。

その手綱を握る者として期待されていたのが、騎士を目指す彼が、いずれはお仕えしたいと思っていた高貴な令嬢だった。

だが、その計画は狂ってしまった。彼女は、王太子だった男と婚約を解消したのだ。

まさかの事態に、彼は淡い夢を見てしまった。初恋の彼女と、結ばれる夢を――

もちろん、彼女には想い人がいることも気づいていた。しかし、未だに婚約は結ばれておらず、彼にもチャンスがないわけではなかった。

そして、青い欲が生まれた。いいところを見せたいという、少年らしい欲だ。

そうしたことから、彼は彼女の悩みの元を打ち払わんと突っ走り、ついにはコニア男爵領までやってきたのだ。

村のど真ん中での決闘の申し込みに、村人達が何事だと集まってくる。ジオルドと対するアルフォンスは、眉をひそめて尋ねた。

「ジオルド・デュアー伯爵令息。いきなり、なんのつもりだ？　なぜ、私が貴殿と決闘などしなくてはならないんだ。あと、私の今の名は、ルビアスではない」

ジオルドの決闘の申し込みは、あまりにもぶしつけだ。

廃嫡された元王太子に払う礼などないのかもしれないが、人としてどうかという態度だった。

「だいたい君、コニア男爵がいらっしゃるのに挨拶《あいさつ》もなしとはどういう了見だ。礼儀知らずと剣を交えるつもりはない！」

王族に相応《ふさわ》しい威厳と威圧感が籠められた断言に、ジオルドは思わず一歩後ずさる。

存在を無視されていたというより、むしろ気づかれていなかったデニスは、「うちの婿殿、頼りになる！」と感動していた。いい年をしたおっさんが、情けない限りである。

対するジオルドは、アルフォンスに一瞬でも圧倒されたことに驚いていた。

大切なベアトリスに罪を着せようとしたアルフォンスをジオルドは軽蔑しており、彼を無意識に下に見ていた。しかし、正論を吐いたのはジオルドではなくアルフォンスだ。礼を欠いた行為を咎《とが》められ、ジオルドは途端に自分が恥ずかしくなった。

「はい。確かに、そうです。失礼しました。初めまして、コニア男爵。ジオルド・デュアーと申します。今回、アルフォンス殿下に決闘を申し込むため、この地にやってきました」

自分が悪いと思ったなら素直に謝り、我が身の至らなさの修正を図る。そうした素直さが、彼の美点だった。しかし、彼の目的である『決闘』の二文字が、その美点に手袋を投げつけている。

謝罪されたデニスも、え、これ、どうするべき？　と困惑しながら引きつった笑顔で「ハジメマシテ」と挨拶《あいさつ》を返していた。

そうしたやり取りを見て、アルフォンスは小さく溜息をつきながら、尋ねる。

「それで、貴殿は何を思ってここに来たのだ？　私はまあ、ろくでもないことをして王太子の座を追われたが、既に裁きは下っている。貴殿に決闘を申し込まれる筋合いはないはずだが？」

アルフォンスはジオルドがベアトリスに密かに忠誠を捧げているのを知っていた。——そこに、淡い恋心が秘められていることも。

そんなジオルドが決闘と吠えてここにいるのなら、十中八九ベアトリス関係だろう。しかし、ベアトリスに冤罪《えんざい》を被せようとした件は既に国王によって裁きが下っている。そこに更なる責めを負わせようとするのは、越権行為だ。国王の裁可に手を加えようというのだから。

だからこそアルフォンスはそう言った。アルフォンスに絡むのは悪手だと。

しかし、ジオルドは「違う！」と強く否定した。彼は、国王が下した決定に文句があるわけではないのだと言う。

「俺は、貴方がわざわざベアトリス嬢の心を乱すのが許せない！　なんなんだ、アリス・コニア男爵令嬢が大精霊と契約したなどというデマは！　どうして、そんなすぐ分かるような嘘をつくんだ！」

まさかの言葉に、その場にいた者達はキョトンと目を瞬かせた。どうやらこの忠犬、アルフォンスがなんらかの企みでアリスが大精霊と契約したと嘘の報告をしたと勘違いをしているらしい。

何言ってんだこいつ、という視線を村人達から注がれながら、ジオルドは言葉を重ねる。

「アルフォンス殿下！　貴方はそんなにもベアトリス嬢を苦しめたいのですか⁉」

怒るジオルドに、アルフォンスは困惑の表情を浮かべる。

アルフォンスはベアトリスを苦しめるつもりなどもちろんないし、なぜアリスが大精霊と契約したらベアトリスを苦しめることになるのかが分からなかった。

「アリス・コニア男爵令嬢が大精霊と契約したなどという嘘のせいで、罰の内容はやりすぎだったんじゃないかと王家に批判が集まっているのです。それどころか、純粋な被害者たるベアトリス嬢に、なぜアルフォンス殿下のお心を繋ぎ止めておけなかったのか、などと言う人間が出る始末！あの優しく繊細な方のお心をこれ以上傷つけないでください！」

苦しげに訴えるジオルドだが、アリスが大精霊と契約したのは事実なので、そんなことを言われても困る。

「あの、ジオルド・デュアー伯爵令息。アリスが大精霊と契約したのは本当のことだ。そして、そこにベアトリス嬢を苦しめるような意図はない」

アリスはアルフォンスに良い肉を食べさせるために力を求め、それに大精霊が応じただけだ。その契約に、ベアトリスのことなど欠片も関係していない。あったのはただただアルフォンスを逃がしたくないという熱い想いだけである。

「そんなことを信じるとでも思っているのか！　罰されて領地に引っ込んで、そこで偶然大精霊と契約したと？　そんな都合のいいことが起きるはずがないだろう！」

　起きたんだから仕方ない。

　確かに簡単に信じられないことだし、そういうことは当然確認が必要とされるので、王都から人が派遣されてきた。ローズの容姿に目を白黒させていたが、間違いなく大精霊と契約したと認められ、国に報告された。

　ジオルドはどうやらそれすらも金を握らせたか何かして、嘘の報告をさせたと思っているらしい。想像力が豊かというか、思慮が浅いというか。

　そうやって吠えるジオルドに、蚊帳《かや》の外に立たされていたデニスがそっと会話に入ってくる。

「あの、ジオルド・デュアー殿。私の娘が大精霊と契約したのは本当のことだし、アルフォンス殿への疑いはまったくの誤解だ。それに君のその推測だと、随分と我が男爵家に利のない企みだと思うんだ。そのあたりはどう思っているのかな？」

　大精霊との契約の虚偽報告など、百害あって一利なし。普通であれば、コニア男爵家のような力のない貴族がやらかしてしまったら、ほとんどの場合はほとぼりが冷めるまで大人しくしているだろう。企み事などしかける余裕などないのだ。コニア男爵家の当主であるデニスも、起死回生の一手など考えつくことができない、普通の、凡庸な人間だった。

　そんなデニスの質問に、ジオルドはもちろん分かっている、と頷く。

「アルフォンス殿下は頭の回る方です。コニア男爵は騙されたのでしょう」

デニスはしょっぱい顔をし、これはもうダメですね、と言わんばかりの目をしてアルフォンスに視線を向けた。思慮が浅すぎて話が通じない。

アルフォンスもこれには困った。どうにかジオルドには何もせずこのまま帰ってもらいたい。ここでアルフォンスに非がなくとも、騒ぎが起これば王宮から面倒な難癖をつけられる可能性がある。

しかし、ジオルドは待ってくれず、決闘だ、剣を抜けと吠える。そして、いい加減じれてきたのだろう。彼は剣を抜き、言い放った。

「抜くつもりがないのなら、抜かせるまで！」

剣で斬りかかられ、抵抗しないわけにもいかず、アルフォンスもまた剣を抜き、それを防いだ。

ギィン、と刃物同士がぶつかる高い音が鳴る。

村人達は息を呑み、デニスは慌てて二人から離れた。

「やめるんだ、ジオルド・デュアー！」

「俺が、ベアトリスを守る！」

ぎりぎりと鍔迫り合いをするも、相手は騎士としての将来を期待される青年だ。最近まで無気力で、筋力が落ちたアルフォンスはジオルドに弾き飛ばされた。

しまった、と思っても、もう遅い。

ジオルドは剣を大きく振り上げ、斬りかかる。

剣の軌道はアルフォンスを捕らえており、そのまま斬られればどうなるか分からない。

（アリス……）

脳裏をよぎるのは、自身を一心に慕う少女の顔。

（死にたくない……！）

アルフォンスの体が、生を求めて動く。

それでも、ジオルドの剣はアルフォンスを捕らえており、その刃から逃げられない――はずだった。


「ふざけんじゃないわよぉぉぉぉぉ！」


高い少女の声と共に繰り出された飛び蹴りが、見事にジオルドの脇腹に突き刺さった。

「ぐっふぅぅ……!?」

ジオルドは受けた衝撃に呼気を吐き出し、派手に地面を転がる。手に持っていた剣はその拍子にとり落とし、体勢を立て直す暇もなく、その胸倉を掴まれた。

「あんた、私の旦那様に何してるのよ!!」

――バッチィィイン！

言葉と共に繰り出されたビンタは、ビンタなどという可愛らしいものではなく、張り手のごとき威力があった。

襲撃犯の正体は、アリスだ。

「この不審者！　人殺し！　サイテー!!」

罵り言葉と共に、威力のある往復ビンタがバチバチバチと音を立て、絶えずジオルドの頬にヒットする。

ジオルドは制止の声を上げようとするが、何か言う前にビンタがヒットして言葉を紡げず、掴まれた胸倉をどうにかしようと藻掻くが、アリスの手は微動だにしない。見た目は可愛らしい普通の少女なだけに、力強さとのギャップが酷い。

そんな容赦のないビンタの連打音を聞きながら、アリスの落とした荷物を拾いつつゆったりと近づいてきたローズがアルフォンスに尋ねる。

「ねえ、ダーリン君。なんだか物騒なことになっていたみたいだけど、何があったの？」

アルフォンスは突然のことに唖然としていたが、ローズの登場で我に返り、傍迷惑な事情を説明した。

「なんだか、思い込みが激しいコねぇ。けど、誰にも相談しなかったのかしら？　ああいうコでも、信頼する誰かに言われたら、考え直すでしょうに」

その指摘に、アルフォンスは違和感を覚えた。

そうだ。誰にも止められずにジオルドがここにいるのはおかしい。彼とよく一緒に行動している、ベアトリスを慕う青年がもう一人いたではないか。彼は、ジオルドの猪突猛進癖を知っているはずだ。わざわざこんなところに来るほど思いが募ったジオルドの様子に、察しがよく、頭が良い彼が気づかないわけがない。そして、ジオルドは自分の思慮の浅さを自覚していた。彼に相談しないはずがないのだ。

「まさか、わざと突撃させた？」

疑惑が浮上したその時、悲鳴が上がった。

「アリス⁉」

それは、デニスのものだった。

何事かと顔を上げて視界に飛び込んできたものは、パンパンに両頬を腫《は》らしたジオルドと、気を失い、彼にもたれるように倒れたアリスの姿だった。

その光景を見た瞬間、アルフォンスの頭の中が真っ白になる。

アルフォンスは瞬時に走り出し、アリスを抱えてオロオロするジオルドから彼女を奪い取ると、胸倉ではなく、その首を掴んだ。

「貴様！　アリスに何をした！」

美人が怒ると怖い。

アルフォンスは怒ったとしても、威厳を前面に出し、相手を諭すように怒る。しかし、今のアルフォンスは腹の底から燃えさかる憤怒の感情を表に出し、それが綺麗な顔を、般若《はんにゃ》の形相に変えていた。

見たことのない元王太子の形相に、ジオルドは思わず固まる。

学園では、いつも優しげな微笑みを浮かべていたアルフォンス。そんな彼から受ける印象は、『優男』だ。しかし、今目の前にいる男は、その印象からほど遠いところにいる。ただただ純粋に、怖い。

「答えろ！　何をしたんだ！」

「ぐえぇぇぇ……」

掴んだ首に力を入れれば、当然首が絞まる。苦しそうに藻掻くジオルドの様子に、周りは落ち着けと慌てた。

「アルフォンス殿、そこの彼は何もしていないよ！　アリスが急に倒れたんだ！」

デニスの言葉に、アルフォンスはジオルドの首から手を離した。

咳き込むジオルドを無視し、アルフォンスは自分の腕の中でくったりと気を失うアリスを見る。

「アリス、アリス！」

軽く頬を叩き、大きな声で呼ぶが、彼女は目を覚まさなかった。

「ダーリン君。ちょっと見せて」

ローズが近くに寄ってきて、アリスの顔を覗き込む。そして、ぎょっとして目を見開いた。

「ヤダ、嘘でしょ……」

不吉な予感のする呟きに、アルフォンスの鼓動がうるさくなる。

ローズは青褪《あおざ》めて言った。

「アリスちゃん、呪われてるわ……！」

まさかの言葉に、アルフォンスは呆然とした顔でアリスを見つめたのだった。

第六章

その後、アルフォンス達は急いで屋敷に戻り、ジオルドは村人達の手で拘束され、簀巻きにされて男爵家の地下牢に運び込まれた。やらかしたことが事なので、色々と罪名がつきそうだが、アリスが倒れた今はジオルドにかまっている場合ではない。そのため、現在は大雑把に暴行罪で地下牢に転がされている。

アリスは自室のベッドに寝かされ、ベッドの周りにはアルフォンスとローズ、デニス、マイラ、クリントがいる。

普通、大精霊と契約した者には加護が与えられ、呪いなどはかけられない。しかし、アリスには呪いがかかっているという。これはいったい、どういうことなのか。

「加護も絶対ってわけじゃないのよ」

ローズは苦々しい口調で言う。

「より格上の存在からの攻撃であれば、その加護は突破されるの。それと、裏ワザがあるのよ」

馬鹿みたいな魔力量が必要になるから普通はできないけど、と付け加え、ローズはその方法を話す。

「小さな呪いをとにかくたくさん絶えずかけ続けるの」

加護は体を覆《おお》うバリアーみたいなもので、多くの呪いで絶えず攻撃されれば、バリアーはたわみ、薄くなり、そして小さな穴が一瞬開く。その一瞬の間に無数の呪いが打ち込まれ、対象は呪われる。

今回、アリスが呪われたのも、そういう手法を取られたのだ。

「呪い自体は、簡単で些細なものでいいの。箪笥の角に足の小指をぶつけるだとか、滑って尻もちをつく、だとかね」

些細な呪いなら、必要な道具も少なく、呪物として小さな魔石を沢山用意するのに多少苦労するくらいだ。

「けど、そんな呪いでも、数が多ければ命の危険があるものに変質する恐れがある。今は気を失っているだけだけど、このままだとまずいわ」

その言葉に、アルフォンス達は顔を悲痛に歪《ゆが》めた。

「ローズ様！　ローズ様のお力でどうにかならないのですか？」

すがりつくようにマイラが言うが、ローズは申し訳なさそうに首を横に振った。

「ごめんなさい。アタシの力では人にかけられた呪いは解くことができないの。アタシの解呪方法は『呪いを燃やす』こと。アタシではアリスちゃんを死なせちゃう」

光の精霊ならアリスを傷つけずに呪いを解けるのだが、彼らの手を借りるのは難しい。基本的に、精霊は人間に手を貸さない。貸すとしても、契約者を通してだけ。ローズが頼んだとしても、きっと手を貸してはくれないだろう。

ローズの返答に、マイラははらはらと涙をこぼし、崩れ落ちた。

「そんな、それじゃあ……お嬢様は……」

「マイラ……」

忠実な侍女の顔が絶望に染まる。

呪いというものは厄介だ。

時間が経てば経つほど被害者は体や精神を蝕《むしば》まれ、大抵は人として立ち行かなくなり、いずれは死に至る。

もちろん、呪いを解く専門家が存在する。しかし、その数は少なく、他に依頼を抱えていたり、遠隔地に住んでいるためだったりと、間に合わないことが多い。

アリスは大精霊の契約者なので、国に助けを求めれば、その力を惜しんだ国が専門家を派遣してくれるだろう。しかし、それでも絶対に呪いが解けるという保証はないし、専門家が来るまでに容体が変わる可能性もあるのだ。

アリスの父親たるデニスは奥歯を噛みしめ、打ちひしがれる忠実な侍女から目を逸らし――視線の先にいた人物の様子に気づく。

「アルフォンス殿？　何をしているんだい？」

その問いと同時に、パチン、とかすかに何かが弾ける音がした。

皆の視線がアルフォンスに集まり、彼はそれを受けてほっとしたように微笑んだ。

「呪いを一つ、解きました」

それに、一同はぎょっと目を剥いた。

「簡単な呪いで良かった。簡単なものなら、私が解くことができます」

変質する前に解いてしまいましょう、とアルフォンスは言い、再びアリスに向き直る。

そんな彼の後ろ姿を、デニス達は信じられないような面持ちで見た。

呪いというものは、そう簡単に解けるようなものではない。アリスにかかった呪いが簡単なものだったとしても、大精霊の加護を突破し、契約者の意識を失わせるような呪いだ。厄介な状態になっているのは間違いないだろう。

しかし、それを解けるというのなら、それは専門家に近しいほどの知識と技術を有していると考えられる。それをどうしてアルフォンスが身に着けているのかは謎だが、デニスはこの巡りあわせに感謝した。

そんなデニスの後ろで、何かを察したローズとクリントは、アルフォンスを哀れむような目で見つめていた。

＊＊＊

パチン、と小さく何かが弾けるような音が部屋に響く。

アリスの部屋にはランプの灯が灯り、外は既に星が瞬いている。

あれから解呪作業は続き、深夜になってもそれは終わらなかった。デニス達は寝落ちし、この部屋で起きているのはローズとアルフォンスだけだ。

解呪作業を黙々と進めるアルフォンスの背中を見つめながら、ローズは切なく思う。彼は、いったいどれほどの数、その身に呪いを受けてきたのだろう、と。

アルフォンスが呪いが解けるのは、必要に駆られてだろう。そうでなければ、どうして一国の王子がこれほどの腕前を持てるというのか。

呪いを解くのは、呪いをかけるよりも難しい。それはつまり、呪いを解く方法を習得するには時間と手間がかかるということだ。はたして王太子であったアルフォンスに、そんな時間はあっただろうか？

一国を治める王となるために、学ぶためのスケジュールはキッチリと組まれ、そこにある程度の年齢になれば公務が差し込まれる。そうなれば、いっそう呪いを解くための勉強の時間をとるのは難しくなる。

もちろん、呪いを解く方法にさらりと触れるようなことはあっただろう。しかし、専門的な知識は与えられない。そもそも、解呪の専門家は国で雇っており、宮廷魔道士として籍を置いている。そのため、王太子はその知識を深める必要はないのだ。

しかし、アルフォンスにはその知識がある。それも、解呪の腕前は専門家も認める腕前だろう。そんな実力を手に入れる何かがあったとすれば、それはもう、彼が呪われ、必要に駆られて知識を増やしたとしか思えない。

（可哀想なコ……）

ローズは空中にぷかぷかと浮かびながら、憐憫に視線を落とす。

王太子なのに、なぜ、城にいるはずの解呪の専門家に頼らなかったのか。

それは、頼ることができない——許されない身の上だったからだろう。

そこから導き出される答えは、冷遇だ。

(人間って、時々そういうコトをするわよね)

ローズは、王家に何があったのかは知らない。しかし、時として、人間は思いもよらぬ残酷さを発揮することを知っていた。

(もしかして、アリスちゃんと結婚する切っかけになった婚約破棄騒動って、そうする必要があったからやったことなのかしら)

アルフォンスは、愚かな人間ではない。短い期間ではあるが、彼と接してみて、ローズはそう感じていた。

再び、パチン、と呪いが解ける音がする。

ローズは黙々と作業するアルフォンスの背を、無言で見守っていた。

＊＊＊

明け方、アルフォンスの手が止まった。

寝落ちしていた面々も目を覚まし、静かにアルフォンスの解呪作業を見守っていたが、彼の様子にそわつく。

「ダーリン君?」

ローズの問いかけに、アルフォンスは悔しげな顔で振り返る。

「申し訳ありません。私にできるのはここまでです」

アリスはまだ目を覚まさずにいる。

「これ以上は専門家を呼ぶか――」

アルフォンスは視線を床に落とし、告げる。

「光の大精霊と契約した、ベアトリス・バクスウェル公爵令嬢に助力を願うしかありません」

アルフォンスの言葉に、その場にいた面々はどうしてアリスに呪いがかけられたのかを察した。

呪いをかけた犯人は、契約者の間に序列を作ろうとしているのだ。

これでアリスがベアトリスに助けを求めれば、単純な連中はベアトリスのほうが大精霊の契約者として優れていると考えるし、アリスはベアトリスに大きな借りを作ることになる。すべては、ベアトリスの優位に立たせるものだった。

デニスが震える声で問う。

「まさか、これは、バクスウェル公爵令嬢が……？」

「いえ、彼女ではないでしょう」

しかし、それをアルフォンスは否定した。

「彼女は争いを厭う、心優しい女性です」

その言葉にデニスは驚く。ベアトリスはアルフォンスが婚約破棄騒動を起こした相手だ。彼女に対して良い感情は抱いていないのだろうと思っていたのだが、それに反して彼女への評価は高かった。

デニスは思わず不思議そうな顔をしてしまい、察したアルフォンスがかすかに苦笑する。

しかし、彼はデニスの疑問に答えるようなことはせず、話を続けた。

「ほとんどの呪いは解けましたが、一部が変質してしまって、それが解けませんでした。国もせっかくの契約者が死ぬのは嫌でしょうから、頼めば解呪の人間を寄越してくれるでしょう」

そして、恐らく来る人間はベアトリスだ。

ジオルドの言い分から、アルフォンスを蹴り落とした連中は、少しでもベアトリスの株を上げたいと思っていることは推測できる。そして、ジオルドがコニア男爵領にやってきたことから、今回の犯人が誰なのか、だいたいの目星は付いていた。アルフォンスの予想が正しければ、ベアトリス本人を置き去りにした、とんだマッチポンプだ。

「できれば借りを作るようなことにはしたくなかったのですが……」

力不足で申し訳ありません、と頭を下げるアルフォンスに、デニスは慌てる。

確かに貴族間での貸し借りは面倒だ。特に今回は大精霊の契約者同士の貸し借りだ。何を要求されるのか想像もつかない。たとえ公爵令嬢個人が心優しい人物であっても、家が個人の感情を押しのけて要求を突き付けてくる。そして、その要求は男爵家ではなく、アリス個人へのものになるだろう。それは悔しくて、納得できるようなものではないが、アルフォンスが頭を下げる必要はないものだ。悪いのは、アリスを呪った人間なのだから。

デニスにそう言われ、アルフォンスは顔を上げるが、その表情は浮かないものだった。

全員が心に暗く冷たい氷が落ちたかのように感じるなか、それを溶かすような声が上がる。

「アラ、それはちょっと早計というものよ」

その声の主は、情熱を常に心に燃やす大精霊、ローズだった。

「アリスちゃんなんだけど、ダーリン君が頑張ってくれたから、目は覚まさないけど、こちらの声に反応するようになってるのよ」

そう言って、ローズが「アリスちゃーん！」と呼ぶと、アリスは眉間にしわを寄せ、むずかるように小さく声を上げる。

「ほら、ダーリン君が呪いを解く前はなんの反応も見せなかったのに、今はこちらの声を聞きとってる。今なら、できることがあるわ」

それに目を瞠《みは》る面々を尻目に、ローズはアリスに声をかける。

「アリスちゃん！　このまま寝っててもいいの？　想像してみなさい。このまま眠り続けたままだと、アリスちゃんのダーリン君は落ち込んだままよ。ダーリン君はイケメンだから、きっと女の子が沢山寄ってくるわ！」

ローズは神妙な顔をして言い募る。

「心配したふりして近づく間女。アリスちゃんを心配するあまり汚い欲に気づかないダーリン君。さりげないボディータッチ。戸惑《とまど》うダーリン君。そして、看病疲れで弱ったダーリン君は、ある夜、痴女に——！　……それでもいいの？」

とんでもないショートストーリーを語り出したローズに、アルフォンスはぎょっとして目を剥くが、それは覿面《てきめん》の効果を発揮した。

アリスはローズの言葉を確かに聞いており、最初はしかめっ面、次にギリギリと歯ぎしりをし、最後はガルルルルと獣のような威嚇《いかく》の唸《うな》り声を上げたのだ。お前は本当に乙女ゲームのヒロインかという有様だ。

「アリスちゃん！　ダーリン君の純潔を守れるのはアナタだけよ！　呪いなんてものでダウンしている場合じゃないわ！　さあ、心の情熱を燃やして！　これしきの呪いを打ち破れず、ダーリン君の純潔が守れるものですか！」

己の純潔という単語を繰り返されて、アルフォンスがなんともいえぬ顔をする。

しかし、ローズの喝に、アリスの様子が変わる。アリスを中心に気温が上がったのだ。

これは大丈夫なのかと周りは慌てるが、ローズが「その調子よ！」とむしろ応援しているので、大丈夫なのだと察した。

「さあ！　すべての障害を焼き尽くし、アナタの恋路を邪魔する輩に返してやりなさい！　そう――」

ローズは迫真の真顔で言い放つ。

「倍返しよ!!」

その瞬間、アリスの体がメラッと燃え上がった。その炎はすぐに胸のあたりで収束し、弾けるようにして消えた。

目の前で起こった一連の出来事に、一同は動揺するが、ローズが「成功よ！」と喜びの声を上げたことから、アリスの呪いが解けたことが分かった。

アリスは健やかな寝息を立てて眠っており、呪いがかかっていた時より明らかに顔色が良くなっている。

それを見てデニスは安堵の息をつき、椅子に深く座り込む。

「良かった……」

その呟きは、少しだけ湿っていた。

第七章

アリスの容態が確実に快方に向かったことを確かめ、アルフォンスは明るい空気に満ちた部屋をそっと出る。

早朝の空気は冷たく、夜明けの白い光が窓から差し込む。

光を背に足を向けるのは、地下牢だ。

コツコツと小さな足音を立て、石造りの地下を歩く。

ひんやりと冷たい空気が頬を撫で、独特の臭いが鼻につく。

そして、目的の人物が収監された牢の前に立ち、人の気配で目を覚ましたその人物――ジオルド・デュアーを見下ろす。

「おはよう、ジオルド・デュアー」

ヒヤリとした声に、ジオルドは思わず姿勢を正す。騎士になるために叩き込まれた礼法が、無意識にアルフォンスを己の上に立つ人間だと認めたのだ。

「君には一つ、聞いておきたいことがある」

目の前に立つアルフォンスから目が離せず、思わず息を呑む。

「君は、この地に来ることを誰かに相談しなかったのか？」

ジオルドに、質問に答えないと言う選択肢はなかった。

「そ、相談、しました……」

「誰に？」

ジオルドの口からこぼれた名に、アルフォンスはやはりな、と小さく溜息をつく。

「嵌《は》められたか」

はたして、その言葉は緊張した面持ちでこちらを見つめるジオルドに向けたものだったのか。それとも、別の誰かに向けたものだったのか。

それ以降アルフォンスは口を開くことはせず、静かに踵《きびす》を返し、地下牢を後にした。

後に残されたジオルドは、混乱に目を白黒させつつ、言いようのない悪い予感に身を震わせたのだった。

＊＊＊

時は少し遡《さかのぼ》り、空が白みはじめた夜明け頃。

「ぎゃあああああああああああああ!!」


柔らかな静寂を切り裂く絶叫が、ルビアス王立学園の男子寮に響き渡った。

尋常ならざる叫び声に、ほとんどの生徒は飛び起き、何事かとあたりを見回す。

その間も絶叫は続き、生徒達は怯えて部屋の外をそっとうかがい、寮監や警備の兵士が駆けていくのを見送る。

しばらくすると教師がやってきて、部屋で待機するように指示があり、生徒達は不安そうな顔をするも大人しくその指示に従った。

そして、そんな生徒達の一人である男爵家の青年は見た。

「おい、あれ、三年のコーネリアス・ルーエンじゃないか?」

窓の外を見る彼の傍に、同室の青年が近づき、それを見た。

「なんだ、あれ……」

その声には、怯えが滲《にじ》んでいた。

彼らが目にしたのは、拘束され、担架《たんか》で運ばれるコーネリアスだった。

拘束されているというだけでも異常事態なのは分かるが、それ以上に恐ろしいのは、コーネリアスの顔の半分と、体のいたるところが燃えていたからだ。

それだけでも目を疑う光景なのだが、異常なのは、彼の肌に広がる火がコーネリアスの肌や服、彼を乗せる担架《たんか》を燃やしていないことだ。それが意味するところは、普通の火ではないということだ。

「呪い……」

青年が思い当たる可能性は、それしかなかった。

その日、多くの生徒が目撃したあれはなんだったのか。

その答えらしき噂《うわさ》が流れるのは、数日後のことだった。

＊＊＊

夜半。

ベアトリスは、寮の自室で項垂《うなだ》れていた。

「コーネリアス……」

彼女の脳裏に浮かぶのは、親しい友人であり、乙女ゲーム『精霊の鏡と魔法の書』の攻略対象でもあったコーネリアス・ルーエンのことだ。

数日前の朝、彼は呪いを受けた。

その身から炎を吹き出しながら、痛みだけ与え、何も燃やさないそれは、誰の目から見ても異常だった。

恐らく呪いだろうという結論から、彼を援助しているバクスウェル家の令嬢であり、光の大精霊の契約者でもあるベアトリスに話がきて、彼女はコーネリアスの窮地を知った。

急いで彼のもとへ駆けつけて見たものは、気を失うこともできず、身を焼かれる痛みに悲鳴を上げるコーネリアスの姿だった。

あまりの姿にベアトリスは気を失いそうになるものの、なんとか踏みとどまって彼の呪いを解くべく光の大精霊――ルーカスにお願いしようとした。しかし、そこで予想外に、ルーカスはそれに渋い顔をしたのだ。

「これは呪い返しだ。しかも、火系統の精霊の気配がする。大方、火の精霊の契約者を呪い、それを返されたのだろう。自業自得だ」

そう言って、コーネリアスの呪いを解くのを嫌がった。

そもそも、ルーカスは人間が嫌いだ。ベアトリスが彼を助けたのでベアトリスには好意的だが、それ以外の人間には冷たい態度を取る。

コーネリアスの呪い返しが本当であれば、手を貸したくないと思って当然だろう。基本的に、精霊の契約者は清廉な人間が多い。同族が認め、契約したのなら、そういう人間であるはずだ。そんな人間を呪うような者は、碌《ろく》な人間性を有していないだろう。

ルーカスの言うことはもっともだ。しかし、それでもベアトリスにはコーネリアスは大事な友人だった。とてもじゃないが、苦しむ彼を放っておくことはできなかった。

そして、ルーカスに頼み込み、どうにか呪いを解いてもらった。

呪いが解かれたコーネリアスの体には、異常は見られなかった。

癖のない長い黒髪は艶やかで、怜悧《れいり》な美貌には火傷《やけど》一つない。

しかし、体は無事でも、心は無事ではなかった。

茫洋《ぼうよう》とした目で周囲の声に反応を示さず、火を見ると恐慌状態になって暴れるのだ。

彼の心は壊れてしまっていた。医師からは、長期の休養とリハビリが必要だろうと診断された。

ベアトリスはどうにか彼を助けられないかと考えた。しかし、それは許されなかった。なぜなら、彼は罪人となったからだ。

（なぜ、ヒロインを呪ったりしたの？）

コーネリアスは、炎の大精霊の契約者であるアリスを呪った容疑がかけられた。

国の捜査の結果、間違いないと断定され、彼はそういう病院へ収監された。彼が正気を取り戻しても、もうベアトリスと会うことはできないだろう。

（それに、ジオルド……）

彼はなんと、アルフォンスに喧嘩《けんか》を売りに、コニア男爵領へ突撃していた。

抗議文付きでデュアー伯爵家に送り返され、彼は家でずっと謹慎している。学園では、このまま退学するだろう、むしろ退学だけではすまないだろうという噂《うわさ》が流れていた。

（ゲームはもう、終わったのに……）

ベアトリスの大事なものが、一つ、また一つと、その手からこぼれ落ちていった。

事件の裏で、醜悪に嗤《わら》う存在に気づかずに……

＊＊＊

「馬鹿なことをしたものです」

王太子となったシリルの執務室でそう言ったのは、バートラム・シュラプネル侯爵令息だった。

彼はシリルの兄であり元王太子でもあった、アルフォンスの元側近であった。

本来であればアルフォンスの失脚と共に、彼も立場をなくすはずであったが、王がその能力を惜しんでシリルの側近の一人に加えさせたのだ。

シリルが側近達にこぼしていたのは、シリルとベアトリスの友人であるコーネリアスとジオルドのことだ。

コーネリアスは呪い返しにより廃人同然となり、ジオルドはアルフォンスのもとへ突撃して返り討ちに遭った。

デュアー伯爵家は全力でコーネリアスに罪を被せ、どうにか咎《とが》めを軽くしようと必死だ。そして、コーネリアスはそういう系統の病院へ入れられると聞いているが、その病院が治療を目的とした病院でないのは、貴族達には暗黙の了解のうちだ。

さて、そんな二人とシリルもそれなりに親しかったが、彼らとの出会いはベアトリスに紹介されたからだ。

ベアトリスと彼らは幼馴染みであり、ベアトリスは彼らの恩人という立ち位置だった。

そんな彼らの転落を嘆くベアトリスに、シリルはどう慰めの言葉をかけるべきか側近達に相談していた。

そんな時にこぼされたバートラムの呟きをシリルは拾い、どうしたのかと尋ねた。

彼は眼鏡の位置を直しながら言う。

「コーネリアスとジオルドが自分でそのようなことを思いつくとは思えません。恐らく、コーネリアスは誰かにそそのかされ、ジオルドはコーネリアスにそそのかされたのでしょう」

そして、続いた言葉にシリルは驚く。

「そのまま何もしなければ、どちらかがベアトリス嬢の婿になれる可能性があったのに……」

「そ、それは、どういうことだい？」

シリルは、バクスウェル公爵家に婚約の打診をしようと思っていた。

しかし、父たる国王に反対された。光の大精霊の契約者を王妃に迎えるのは王家にとって利になることだ。それなのに、父は首を縦に振らない。シリルは諦めず説得を続けているが、未だに色よい返事は貰えていない。だが、シリルは諦めるつもりはなかった。たった一度だけ想いを確かめ合ったあの日。あの日からずっと自分達は想い合っていると確信しているからだ。

だから、時間の問題だと思っていた。けれども、もし、ベアトリスに他の婚約者をあてがうつもりだったのなら……？

焦りも顕わに尋ねれば、バートラムは氷のような淡い水色の瞳にシリルを映し、冷厳と告げた。

「ベアトリス嬢は、王妃に向かないからです」

告げられたそれは、シリルにとって予想外のものだった。

ベアトリスは王太子妃教育を問題なく終了し、教師からの評価も悪くない。それなのに、向いていないとはどういうことか。

「な、なぜだ」

驚くシリルに、バートラムは少し間を置いて告げる。

「……ベアトリス嬢は、国を背負って立つ方の隣にいるには、気質が柔らかすぎるのです。時には非情な決断を必要とする、重い責任を背負うお立場です。国のためにも、ベアトリス嬢のためにも、王家に迎えるのはやめておいたほうがいいでしょう」

言葉を選んだのだと分かる返答だった。

「それに、親しい彼らがあんなことをして、ベアトリス嬢はアリス・コニア嬢によからぬ思いを抱いており、それで彼らにあんなことをさせたのだという噂《うわさ》まで――」

「それは事実無根だ！」

シリルは思わずバートラムの言葉を遮って怒鳴《どな》ったが、バートラムは少し驚いたような顔をしたものの、分かっています、と頷いた。

「ですが、そんな噂《うわさ》を立てられて、ベアトリス嬢の評判にも傷がつきました。尚更、王家に迎えるのは難しい。ベアトリス嬢への婚約の申し込みも、減るかもしれませんね」

大精霊の契約者という価値があるので、悲惨なことにはならないだろうが、と言って、バートラムはまとめ終わった書類を手に席を立つ。

「書類を提出してきます」

そう言って、彼はさっさと執務室から出て行ってしまった。

その後ろ姿を見送り、執務室の扉が閉まると、今まで黙っていた側近達が口を開く。

「気にすることはありませんよ。ベアトリス嬢は、素晴らしい令嬢です」

「そうですよ。その証拠に、既に王太子妃教育は終えられています。何より、大精霊の契約者なのですから。あの方こそ、未来の国母に相応《ふさわ》しい」

側近達が口々にそう言い、シリルを慰める。それにシリルも笑顔を返すが、しかし、その心は晴れなかった。

漠然とした不安があった。ただでさえ、ベアトリスとの婚約は反対されているのだ。バートラムの指摘は妥当なもののように思え、シリルから余裕を奪う。

「……きっと、大丈夫だ」

自分に言い聞かせるように、呟く。

しかし、シリルの心から不安が消えることはなかった。

＊＊＊

執務室を出て、バートラムは一つ溜息をこぼす。

国王によるアルフォンスへの嫌がらせの一つとして、バートラムはシリルの側近の一人へと加えさせられた。バートラムはアルフォンスについて行くつもりだったのに、家のためにはそれに逆らうことはできなかった。とんだ誤算だ。

バートラムは廊下を歩きながら、ふと眼下の中庭に視線を落とす。

そこには、黒髪の美しい少女——ベアトリスがいた。

ベアトリスと共にいるのは、現国王の唯一の妻である王妃殿下だ。

大きな息子がいるとは思えないほど若々しく美しい女性は、ベアトリスと微笑み合いながら和やかに会話しているようだった。

ベアトリスは幼馴染みの二人の件があって、少し窶《やつ》れたようだが、王妃との会話に癒やされ、随分とリラックスしているように見えた。

「……哀れな人だ」

同情するような口ぶりで呟くが、その瞳に宿る温度は低い。

バートラムは、ベアトリスを良く思っていなかった。多くの人々に優しさをばらまくのに、己が唯一の主と認めたその人には分厚い壁を作り、あえて関心を向けないようしていたからだ。

「アルフォンス様に、気にかけられる価値すらないくせに……」

一瞬、その顔を憎々しげに歪《ゆが》めたものの、すぐに表情を消し、ベアトリスから視線を逸らす。

既に事は終わり、道は分かれ、そして次の局面が動き出した。

卒業式のパーティーで起きた茶番の舞台裏まで、すべての事情を知る青年は、靴音を響かせながら、窓から差し込む光と影が濃く明暗を作る廊下を、真っ直ぐに歩いて行った。

＊＊＊

豪奢な部屋に、一人の男が立っていた。

格式高い部屋の雰囲気に、ごく自然に溶け込むような容姿をした男は、かなり高い身分であることが分かる。

男が向かうのは、自身が収集した私物扱いの本が収められた書庫だ。

自室からしか入れないその部屋は狭く、本を読むための小さな机と椅子に、本棚が三つほどしかない。

その小さな書庫の内装はシンプルで、豪奢な部屋との落差が大きい。しかし、男は己の側近達に秘密基地みたいで気に入っているのだと話していた。

男は壁際にある大きな振り子時計の前に立つと、時計のガラス戸を開け、中にある小さな飾り彫りの一部に己の指輪をはめ込み、回した。

すると、ズズズ、と低い音を立てて振り子時計が横へと動き、その裏から隠し部屋へ続く階段が現れた。

ランプに灯を灯し、それを持って階段を下りていく。

そうして辿り着いた先にあるのは、いかにも秘密の研究室といった風情の石造りの小部屋だ。

小部屋には窓はなく、光源は男が持つランプだけだ。

男がコツコツと足音を立てて向かった先にあるのは、鳥かごだ。

鳥かごにランプを近づけ、その中にいる生物の状態を確認する。

「やあ、久しぶりだね」

優しげな声の挨拶《あいさつ》に、鳥かごがガシャリと音を立てる。

「はは、元気なようで安心したよ」

ランプの灯りに照らされ、鳥かごの中の様子が浮かび上がる。

鳥かごの中にいたのは、鳥ではなかった。そこにいたのは、子供のような容姿の、小さな人。灯りに照らされギラリと光る瞳は赤く、その髪の毛は銀。浅黒い肌に、人間の掌程度しかない小さな体躯の背にあるのは、蜻蛉《かげろう》のような羽だ。鳥かごの中にいたのは、妖精だった。

妖精は多くの小精霊と姿が似ているが、違う種だ。保有魔力量も、種としての格も、精霊のほうが上になる。

そんな妖精の首には鉄製の首輪が嵌《は》まっており、妖精は時々それを忌々《いまいま》しそうに引っ掻き、どうにもならない苛立ちを鳥かごの柵にぶつける。

男はそんな妖精の様子に「無駄なのに」と苦笑し、鳥かごの扉を開ける。そして、それに気づいた妖精が鳥かごの奥へ逃げるも、男は小鳥を捕まえるかのように妖精を掴み、鳥かごの外に出して告げる。

「さて、仕事だ。よろしく頼むよ」

妖精が忌々《いまいま》しげに睨《にら》む男の顔は、どこかアルフォンスに似ていた。

＊＊＊

麗《うら》らかな午後の昼下がり。

アリスの呪い騒動から既に一か月の時が流れていた。

呪いは解けたものの、まだ心配だからとアリスが目を覚ましたばかりの頃は安静を言い渡されて暇をしていたが、アルフォンスがちょくちょく暇を見つけては様子を見に来てくれたので、それはそれで美味しい思いをした。優しく気使うイケメンはとても健康に良かった。

そうしてアリスはたちまち元気になり、普段通りの生活に戻るのは早かった。しかし、そこに呪いをかけた犯人の情報がもたらされ、アリスは思わず酢を飲んだような顔をした。まさか、犯人が攻略対象のコーネリアスだとは夢にも思わなかったのだ。

しょせん、ゲームはゲーム。物語の都合のいいヒーローなど、現実には存在しないというわけだ。

実家に送り返されたジオルドも、謹慎のあと学園を退学し、家とは縁を切られて放逐されたらしい。逆恨みでまたアリス達の前に現れやしないかと不安の声があるが、その時はアリスがタイキックを百発お見舞いし、尻を三つに割ってやるつもりだ。

都合のいいヒーローが夢物語なら、乙女ゲームの愛らしく純粋なヒロインも夢幻。幸せになれるのは、いつだって幸せを手に入れるために戦える逞《たくま》しい女だけである。アリスもアルフォンスとの幸せのためなら、敵対者の尻を四つに割ることも厭《いと》わない。

さて、そんな二度見されそうな覚悟の決め方をしているアリスだが、彼女も年頃の乙女として、アルフォンスとの仲をそろそろ進展させたいと考えていた。

「そういうわけで、どうしたらいいと思いますか？」

真顔でそう尋ねるアリスの前に座るのは、愛と情熱の大精霊、ローズである。

同じ部屋で給仕をしているマイラは、それをこの方に聞いちゃうんですか？　と内心では思っていたが、それを表に出さず静かにお茶を注ぐ。プロの鑑である。

「愛と情熱を司《つかさど》る大精霊なら、こういうのは専門分野かな、と思ったので」

「ンン！　そうね！」

対するローズは、まんざらでもなさそうな顔をしている。

ローズは愛と情熱の大精霊を自称しているだけあって、こういう話は大好物なのだが、残念ながらそうした恋愛に関する相談などは受けたことはない。そのため、今回初めて頼られて、鼻の穴が膨らむほどテンションが上がっていた。

「アリスちゃんとダーリン君との仲の進展ねぇ……」

うーん、と唸《うな》りながら、ローズは長年見守ってきた人間達の愛と情熱の日々を思い出しながら言う。

「そういえば、アリスちゃん達って、まだデートをしたことないんじゃない？」

「……!?」

後にローズは語る。その時のアリスは、アルフォンスにはとてもお見せできない顔をしていた、と。

＊＊＊

「どうして気づかなかったのかしら？　そうよ！　まだ、デートをしたことがないじゃない！」

ローズの衝撃の言葉から、アリスは己の今までを振り返った。

学園でアルフォンスと関わる時は、いつも彼の側近だったバートラム・シュラプネル侯爵令息が一緒だった。

そして、コニア男爵領に来てからはアルフォンスの元気がなく、甘いアレコレなんてものは期待できるはずもない。アルフォンスは元気になってからは父たるコニア男爵の手伝いに注力しており、休憩時にお茶に誘うと、自動的にそこに父もついてくる。

「なんて色気のない……！」

まさか、自分ともあろうものが結婚の事実に安心していたとでもいうのか？　なんたる怠慢！

こんなことでは、恋敵が現れでもしたら一巻の終わりだ！

「まずはデート！　何を置いてもデートよ！」

拳を握りしめ、アリスは決然と立ち上がる。しかし……

「デートって、どこへ行けばいいのかしら……？」

前世からお一人様道をひた走っていたアリスの脳内によぎるのは、現代日本のお洒落《しゃれ》なデートスポットだ。しかし、田舎領地にそんなものがあるはずがない。アリスが求めるのは、異世界の田舎領地で行われる貴族のデート情報だ。

「……ピクニックしか思いつかない」

観光地でもないコニア男爵領には、見どころなどどこにもない。あるのはせいぜい、ダンジョンと——

「あ」

アリスはある美しい風景を思い出し、ポン、と手を打った。

第八章

「なんと……」

アルフォンスが絶句し、視線を向ける先にあるのは、色とりどりの花が咲き乱れる湖だ。

美しい青空の下、湖面はキラキラと輝き、花々の間をひらりと蝶《ちょう》が舞い踊る。静かで華やかな世界は、まるで絵画の世界に飛び込んだかのような、現実味のないところだった。

「まさか、こんなところが……」

この、『現実味のない』という表現は、ほどほどにありふれたものだ。しかし、その『現実味のない』という表現が、今ほど相応《ふさわ》しい場所はないだろう。

そんなことを思いながら、アルフォンスは湖の周りに飛ぶ、大小様々な姿をした精霊を呆然と見つめ続けた。


「アルフォンス様ったら、見惚れてらっしゃるわ」

「そうかしら？　まあ、間違ってはないでしょうけど」

分かるー、と言いながら笑顔でレジャーシートを広げるアリスに、ローズは疑問ですとばかりに首を傾げた。見惚れてもいるだろうが、それ以上に驚愕しているように見える。

アリス達がいるのは、コニア男爵領にある入り口の向こう側。精霊が行きかう湖のほとり。精霊の住処である精霊界だ。

「それにしてもアリスちゃん。アタシも一緒に来ちゃってよかったの？」

「え？　はい、もちろん。だって、ローズ様ったらずっと一緒にいてくださるから、たまには里帰りしたいかと思って」

ぺかー、と善意百パーセントの輝く笑顔で告げられたそれに、ローズは仕方のない子ねぇ、と苦笑する。

「でもね、アリスちゃん。今回のピクニックって、デートのつもりなんでしょ？　アタシが小さいサイズの精霊だったらまだしも、ぶっちゃけ大柄の人型の精霊よ。しかも、契約精霊だから、アリスちゃんの保護者のようなものなの。つまり、第三者から見れば保護者同伴。普通、保護者同伴のデートって、ないわよ」

アリスが手に持っていた皿を落とし、すごい顔をしているのを見て、ローズは菩薩《ぼさつ》のような顔をしたのだった。


前世では、こういう気を回すべきでないところで余計な気を回すせいで、チャンスが別の誰かに流れていったこともあった。天然が入った善良さで損をするお馬鹿さんが前世のアリスだ。

そんなアリスに、せっかくのアリスちゃんの気遣いだし、友人とおしゃべりしてくるわ〜、とローズは言い、その場を離れた。明らかにアリスとアルフォンスの邪魔をしないように気を使っている。

しかしながら、アリスとアルフォンスが二人きりになれたかというと、そうでもなかった。

「へ〜、キミが例のイケメン君か〜」

「そりゃ、逃がしたくないよね。分かる〜！」

あの日現れた珍獣アリスがまたやってきたのだ。しかも、件《くだん》のダーリンを連れて。そりゃあ、精霊達も興味津々で近寄ってくるというものだ。

（デートの場所、間違えたわ……）

アリスは悟りを開いたような顔をして、アルフォンスの周りを飛び回る精霊達を眺める。精霊達は好き勝手おしゃべりし、アルフォンスに話しかけ、楽しそうな声を上げている。

「え。アリスはそんなことを言って契約を持ちかけたのですか？」

「うん、そうだよ」

「いい肉を食べさせたいから、ダンジョンアタックできる力が欲しいって」

「なんなら、君が欲しい、ってシャウトしてた」

「君、ホント、好かれているよね！」

気づけば、アリスが精霊に契約を持ちかけた時の話になっていた。

精霊達はアルフォンスの言葉に肯定の言葉を返し、きゃらきゃらと笑うが、アルフォンスは真顔でアリスのほうを見て、アリスは思わず彼から視線を逸らした。

「アリス」

「ホント、今日もいいお天気ですね！」

「アリス」

「あっ、あっちに珍しい蝶《ちょう》が飛んでいます！」

「アリス」

アリスは話題を逸らそうとするが、無駄な抵抗であった。アルフォンスはアリスの頬に手を添え、ぐいっと己のほうへ顔を向けさせたのだ。

「こちらを見なさい」

「ひゃい……」

麗しいお顔が目の前に。

いつまでだって飽きずに見ていられる顔だが、今はちょっとご遠慮したい。

往生際悪く視線を彷徨《さまよ》わせるアリスに、アルフォンスは困ったような顔をして言う。

「君の契約の持ちかけ方は、精霊に失礼だし、君にとっては危険な行為だったと理解しているんだね？」

「はい……」

しおしおと萎れて反省の意を示すアリスに、アルフォンスはなんとも言えない顔をする。

恐らくは既に誰かに叱られた後なのだろう。そこでちゃんと反省しているのなら、これ以上叱るのは過剰だ。

そんなやり取りをする二人に、精霊達が寄ってきて「怒らないであげて。あれくらい真っ正直に言ってくれたほうがいいんだ」「良い子だから、気にしないよ」とフォローを入れていく。

「僕達の力を馬鹿な欲のために使うような子じゃないっていうのが重要なんだ」

「実際、愛する人を力ずくでも幸せにする、とか言っちゃって、ゴル――ローズ様に気に入られたんだし」

ねー、と言い合う精霊達に、アルフォンスは目を瞠《みは》り、アリスは先ほどとは違う意味で視線を逸らす。

「アリス」

「今日は本当に気候も良くて。風が気持ちいいですね！」

「アリス」

「あっ、あっちに綺麗な青い鳥が飛んでいますよ！」

「アリス」

やはり顔に手を添えられ、そのままアルフォンスのほうへ顔を向けさせられる。

「こっちを見て」

「ひょえ……」

アルフォンスの顔には穏やかな微笑みが浮かんでおり、その瞳には、どこか甘い色が滲《にじ》んでいた。


アルフォンスとの間に甘い空気が流れそうになったが、それは「わ〜！　ラブシーンだ！」という精霊達の騒ぎ声によって霧散した。

精霊達は気を使って方々に飛んでいき、二人きりにしてくれたのだが、視線を感じる。これは遠くから観察されていると見ていいだろう。

そんな状態で再び甘い空気が流れるはずもなく、アルフォンスが気を取り直すように一つ咳払いをして話し出す。

「それにしても、コニア男爵領に精霊界への入り口があるとは思わなかったよ」

「見つけたのは偶然ですけど、昔からこのあたりには精霊に関するお話が多いんですよ」

偶然見つけたというのは嘘だが、精霊に関する話が多いのは本当だ。しかし、ちゃんとした資料として残っているのではなく、母から子へ話す寝物語として残っているのだ。

「ここのことは王家には報告したのかい？」

「……いいえ」

アリスは精霊界の入り口のことは誰にも言わず、ローズと偶然出会い、契約をお願いしたのだと説明していた。そのため、当然王家にもこの情報は伝わっていない。

「アルフォンス様は報告したほうがいいと思いますか？」

アルフォンスはアリスの問いに顔を強張らせて沈黙するも、ややあってから苦く笑って首を横に振った。

「いや、やめておいたほうがいいだろう」

視線を美しい湖に向け、言う。

「人間は、己の欲で身を滅ぼす。きっと馬鹿な人間がここを荒らしに来るだろう。……それに、国王陛下は信用できない」

小さくこぼれた言葉は、ただ淡々としていた。

湖を見ているはずの目は、どこかもっと遠いところを見ているようで、アリスはなんだかアルフォンスが知らぬうちに遠くへ行ってしまいそうに感じ、彼の手にそっと自身の手を重ねる。

手に感じた温もりに、アルフォンスは重ねられた手を見て、目を細めて微笑む。

「……アリスは、もう気づいているかと思うけど、あの卒業式のパーティーでの騒動は、私に思惑があってしたことだ」

巻き込んでしまってすまない、と頭を下げるアルフォンスに、アリスはいいえ、と首を横に振る。

「当時はあれが一番いい方法だと思ったんだが、今考えてみると穴だらけで、君に損ばかりさせる方法だった」

アリスはそれを聞き、アルフォンスは当時、随分と追い詰められていたのだと察した。この地に来た時に、彼が抜け殻のようになっていたのは、そういうことだったのだろう。

「……アルフォンス様に何があったのか、聞いても大丈夫ですか？」

彼の身に何が起きて、どうしてあの断罪劇に繋がったのか。

アリスはそれを知りたいと思ったが、知っていいものかどうか判断がつかなかった。知らないほうがいいことは、知らないままでいいとも思っている。だから、その判断を件《くだん》の中心人物であるアルフォンスに任せた。

アルフォンスは少しの沈黙の後、知ってほしい、と答えた。

「ただ、これはやはり厄介事で、知らずに済むなら知らないほうがいいと思う。けど、私は君に知ってほしい」

アルフォンスの目は、どこか幼い、お願いじみた小さな懇願の色があった。我が儘を言えない子供が、初めて言った我が儘。彼の様子から、不思議とそんな印象を覚えた。

アリスは微笑んで、小さく頷いた。

彼を、知りたかった。

＊＊＊

アルフォンス・ルビアスは、ルビアス王国の第一王子として生まれた。高貴なる血を継ぎはしたが、アルフォンスは側妃の子だった。

事の始まりは、アルフォンスの父であるルビアス王国の現国王がまだ王太子であった頃、王太子妃であった彼の最愛の女性に子ができなかったことだった。

次代への不安から側妃を求める声が上がったが、父はそれを拒否した。彼は、妻を心から愛していたため、彼女を裏切るようなことはしたくなかったのだ。

しかし、王太子が子を作るのは義務である。

ゆえに、彼はとうとう王命によって側妃を娶《めと》ることとなった。

だが、ここで予想外のことが起きた。王太子の側妃に選ばれた伯爵家の令嬢が、それを強固に拒否したのだ。よくよく考えれば、それも当然のことだろう。なにせ、王太子の妃への溺愛ぶりは有名な話だった。そこに割り込むような真似をするのだ。冷遇される未来しか見えない。

しかし、これは王命だ。拒否などできようはずがない。そこで、該当した家の夫人は、実家に泣きついた。その泣きついた家が、バクスウェル公爵家だった。

王命は家から娘を差し出すこと。つまり、自分の娘ではなく、養子に迎えた娘でもいいはずだ。夫人はそう、兄であるバクスウェル公爵に泣きついた。

当時の当主はベアトリスの祖父にあたる人物だったのだが、彼は泣きついてきた妹の願いを聞き入れ、傘下の男爵家から身代わりとなる令嬢を選出し、妹の家に養女として迎えさせ、そのまま側妃として送り出した。

それが、アルフォンスの母だった。

冷遇されることが分かりきっている、何から何まで不本意な婚姻。この婚姻の意味を分かっている女性達から同情を、王家への嫁入りという煌《きら》びやかな目隠しに騙された女性達からは妬みを集めながら、母は父のもとへ嫁いだ。

父から見れば悲劇の一幕であり、側妃となった母は彼には悪女に見えただろう。しかし、母からしてみれば己の身に起こったことこそが悲劇であった。

そうして嫁いだ母だが、父と閨《ねや》を共にしたのは一度きりだった。しかし、その一度限りのお渡りで見事に子供を身ごもり、アルフォンスを産んだ。

そこで終わりであれば、誰も苦しまなかった。けれど、そうはならなかった。

正妃である王太子妃が、身ごもったのだ。

そしてアルフォンスの誕生から遅れること数か月後。第二王子がこの国に誕生した。この弟の誕生こそが、アルフォンスの苦難の日々の始まりであった。

ルビアス王国では、基本的に長男が後を継ぐ。それは、王家であっても変わらない。そのため、アルフォンスが第一王位継承権を持っていた。

しかし、それを面白く思わないのが父だった。

側妃である母は時が経つにつれ身の危険を強く感じるようになり、我が子により強い後ろ盾を望んだ。それこそ、自身の側妃になった経緯を持ち出して、バクスウェル公爵家に貸しの清算を望んだ。

元が男爵令嬢であったために、いっそ無謀とも言える駆け引きだったが、母は見事に勝利を収め、アルフォンスの婚約者にベアトリスを獲得した。

そうして身の安全が確保されたと思った、翌年。

ルビアス王国に病が蔓延《まんえん》した。

そして王が病に倒れ、バクスウェル公爵、そして、後を継ぐはずであったベアトリスの実父もまた病床につき、儚くなった。

混乱はあったが、どうにか病は治まり、父が王位を継いだ。そして王位を継いだ途端――側妃である母を暗殺した。

対外的には病による病死と発表されているが、アルフォンスは父に殺されたのだと察していた。

母の葬儀の時、父の目が嬉しそうに歪《ゆが》んでいたのを見た。

その悍《おぞ》ましさを、アルフォンスは忘れたことはない。

父にとって、アルフォンスと側妃は愛する正妃を裏切った証であり、正妃との間にできた子こそが唯一の愛しい我が子なのだ。アルフォンスは、邪魔な存在だった。

バクスウェル公爵が代替わりしたのも痛かった。

ベアトリスの叔父である現公爵は、姪《めい》が嫌がっている縁談をよく思っていなかった。ベアトリスがゲームの『ベアトリス・バクスウェル』のようにアルフォンスを好きになり、行動していれば話は別だったのだろうが、残念ながらそうはならなかった。そのため、アルフォンスへの援助は必要最低限に抑えられてしまった。その必要最低限すら、ベアトリスの兄であるクライヴが抗議してやっと出させたものだった。

そんな公爵の行いからクライヴは次第に義父と対立するようになり、それを公爵に疎ましく思われ、とうとう外交という名目で国外へ追いやられてしまった。

そうして、またアルフォンスの安全面に穴が開いた。

それを早々に察知した父は、それとなくアルフォンスを排除するように動くようになった。

優秀ではあるものの、あまり評判の良くない家庭教師をつけられ、アルフォンスの服の下には体罰による鞭《むち》の痕が絶えなくなった。

誕生日にプレゼントされた馬は極上の戦馬ではあったが、気性が荒く、落馬で命を落とすことを期待されているのだと察せられた。

一人でとる食事には毒が入っていることが多かった。

視察先に刺客が送られてきたこともあった。

しかし、アルフォンスはそのどれにも打ち勝ち、生き残ってきた。

けれども、王立学園の三年生の中頃に仕かけられてきた攻撃に、これ以上父と争うのは無理だと判断せざるを得なくなった。

父は、王立学園で行われた魔物討伐訓練に、どうやってかは分からないが、わざわざ上位魔物を捕らえて投入したのだ。

幸い、ベアトリスの機転により死者はなく、無事に魔物は討伐された。

しかし、この未熟な学生を巻き込むなりふり構わない攻撃に、アルフォンスはいずれ多くの者を巻き込み、命を落とすと確信してしまった。そして、これは父からの警告なのだとも、理解した。

その時のアルフォンスの心の内は、筆舌しがたいものだった。

実の父親に罪の証として認識され、命を狙われるストレスはアルフォンスの心を蝕《むしば》み、疲弊させていた。

婚約者であるベアトリスがアルフォンスとの婚約を嫌がっているのも、アルフォンスを傷つけた。アルフォンスは幼い頃、ベアトリスに好意を持っていたのだから……

アルフォンスが初めてベアトリスと会った時、美しい少女に好感を持った。しかし、彼女はアルフォンスを避けるような態度を取った。そんな態度から、彼女が自分との婚約を嫌がっているのだと気づくのは早かった。

なぜ嫌がられているのか分からず、けれども仲良くなりたくて歩み寄りを試みたが、それは彼女を困らせるだけで、心の距離は開いたままだった。

しかし、その試みから彼女はアルフォンスとの婚約を嫌がっているが、アルフォンスを嫌っているわけではなさそうだとも分かった。

けれど、それはアルフォンスの心を慰めるものにはならず、困惑を深めるだけになった。

問いただしたくとも、どこか申し訳なさそうな態度を垣間見せる少女に、アルフォンスはずるい令嬢だと思った。これで無理に問いただせば、アルフォンスが悪者になってしまう。そんなことになれば、母が用意してくれたこの後ろ盾は、すぐにでも消え去ってしまうことだろう。

頼れないがゆえに、父と身を削るような暗闘を余儀なくされているとはいえ、ないよりはましだ。

ここでベアトリスを手放すことはできなかった。

国王となった父に命を狙われ続け、気づけば心から信頼できる人間は両手の指に満たぬ数しかいなかった。その中に将来最も近しい存在となるはずの少女が入っていないのは、どんな皮肉か。

踏み越えられないラインが引かれた関係のまま時は流れ、ある時アルフォンスは気づいた。

ベアトリスが、弟のシリルに恋をしたのだ。

傷つきはしなかった。けれど、胸には虚しさが広がった。なぜ、よりにもよってシリルなのか。

あの、なんでも持っている弟なのか。

その時、かすかながらにあった期待は消え去って、彼女はアルフォンスにとって、その他大勢の一人となった。

そしてアルフォンスの胸に残ったのは、シリルへの嫉妬と劣等感、そして、父への憎悪だけだった。

何も知らず自分を慕うシリルの笑顔から目を逸らし、父への憎悪を燃やして立ち続けた日々。

父の思い通りになってたまるか。どんなことをされても、どれだけ犠牲を出そうとも、必ず至高の座に就くと心に決めていた。しかし、そうはならなかった。

アリスと出会ってしまったのだ。

最初は、他の令嬢とさして変わりない存在だった。アルフォンスを『第一王子』のフィルターを通して見ているだけの少女だった。

しかし、アリスはそれだけの少女ではなくなった。

顔に感情が出やすい彼女の心情の変化は分かりやすいものだった。

アリスの目からは、いつの間にか『王子』というフィルターが取り払われ、真っ直ぐに『アルフォンス』に好意を抱き、それがゆっくりと恋に変わっていった。

それを、アルフォンスは目の前で見ていた。

その変化は、どうしてか、たまらなくアルフォンスの胸を締め付けるものがあった。

そうしてそんな彼女と小さな交流を続けていって、アルフォンスは忘れていた温かい感情を思い出した。

だから、他に被害を出してまで王になろうとは思えなくなってしまった。

復讐に目がくらんでいたアルフォンスは、正気に戻ってしまったのだ。

あの卒業式のパーティーでの断罪劇。あれは、実はアルフォンスの発想ではない。あれは、ベアトリスのある行動から分かった彼女の妄想に沿った断罪劇だった。ベアトリスは、なぜかアルフォンスが彼女を断罪すると思い込んでいたのだ。

アルフォンスがベアトリスの妄想を知ったのは、彼女が自身の行動記録——身の潔白を証明するアリバイ集めをしていることに気がついた時だった。

いったいどういうつもりなのかと彼女の考えが理解できなかったが、この彼女の思い込みはアルフォンスにとって都合がよかった。だから、彼女が描いた断罪劇に乗ったのだ。

そして、アルフォンスは王太子の資格なしとされ、最後に王家の体面に泥を被せて表舞台から退場した。

＊＊＊

とうとうと語るアルフォンスは、告げる。

「あの時は、アリスは退学させたほうがいいと思っていたんだ。あの状況だと、退学して領地に引っ込んだほうが君の体にも心にも傷が少なくて済む」

アリスの年齢はアルフォンスの一つ下だ。アルフォンスが学園から姿を消せば、アリスを守ってやれる人間がいなくなる。どうしようもない馬鹿は、どこにでもいる。率直に言って、あのまま学園に残るのは、アリスの身が危険だった。

人は、簡単に残酷になれる。

ベアトリスがそれとなく嫌がらせを止めようとしたのをアルフォンスは知っている。しかし、止まらず更に陰湿で巧妙なものになっただけだった。これでアルフォンスという庇護者を失ったらどうなるのか。爪弾きにあうだけならまだましで、それ以上に酷いことになる可能性のほうが高かった。

だから、アルフォンスはそれで心を壊す可能性があるなら、それから遠ざかるべきだと勝手ながら判断したのだ。

幸い、アリスは地位に興味はないし、彼女の父親も地位や名誉より娘のほうが大事な男だ。彼女は学園を退学しようとも、領地で幸せに生きていけるだろう。……いける、はずだったのだ。

「まさか、私と結婚させられるとは思わなかった……」

アルフォンスの計画では、王太子位を剥奪された後、自身はどこぞの塔にでも幽閉されるのだろうと思っていた。そうなれば、アルフォンスは早々に姿をくらますつもりだった。しかし、王は嘲笑《あざわら》うようにアリスとアルフォンスを結婚させた。

「本当に申し訳ない……」

申し訳なさそうに俯《うつむ》くアルフォンスに、アリスはその手をとり、両手で握る。

「アルフォンス様。ありがとうございます」

その言葉に、アルフォンスはアリスの目を正面から見た。

「たぶん、あのまま学園に残っていても、アルフォンス様のおっしゃる通り、碌《ろく》なことにはならなかったと思います」

微笑みを浮かべるアリスを、アルフォンスは見つめる。

「だから、謝ることなんてないんです。私は、今、幸せです」

アリスの目が、甘く細められる。

「アルフォンス様が私のために悔いてくだっているのに、不謹慎ですけど、私は貴方の傍にいられることが、何よりも幸せに感じています」

「アリス……」

アルフォンスが自身の手を握るアリスの手に、更に手を添え、握る。アリスの目に映るアルフォンスの顔は穏やかで、幸せそうな空気をまとっていて。

そのまま顔が近づき、唇が重なるかと思われた——その時。

「おおおおおん！　なんてことなの！　ダーリン君がそんな苦労をしていたなんて!!　アリスちゃんと幸せになってねぇぇぇ!!」

背後の茂みから聞こえてきた爆音に、二人は慌てて身を離し、振り向いた。

振り向いた先にいたのは、逞《たくま》しい体を持つ女神コスの大精霊だ。

茂みの向こうで咽《むせ》び泣くローズの周りを、「あーあ」とでも言いたげな顔をして精霊達が飛んでいる。どうやら彼女もアリス達を覗き見していたようだが、色々と耐え切れずに感情が間欠泉のごとくパーンと噴き出したらしい。

そういえば精霊がいたなぁ、とその存在を思い出しつつ、ローズの号泣ぶりに二人は顔を見合わせて恥ずかしそうに苦笑する。

そしてローズを慰めるべく、アリスは立ち上がった。

アリスがローズを慰めているのを穏やかな顔で眺めるアルフォンスだが、実はアリスに語っていないことが一つあった。

「クライヴは、間に合うだろうか……？」

悍《おぞ》ましい問題は、王家にだけ起きているわけではなかった。

第九章

春が過ぎ、夏の入り口にさしかかった頃。

青々と茂る葉は青空によく映え、人々は眩しそうに眼前に手をかざす。

野を駆ける風は強く、農夫の麦わら帽子を空へとさらう。

あっ、という農夫の声を聞いて、空を舞う麦わら帽子の姿に農夫の息子が笑う——その足元で、ゆらり、と影が揺れた。

まるで影の中を魚が泳いでいるかのごとく波紋が広がり、それは影から影へと移動していく。

そして、とある暗い森の中、木の影から、とぷんと小さな人影が現れた。

その人影は小さく、背には蜻蛉《かげろう》のような羽があった。

小さな人影は、忌々《いまいま》しそうに己の首に巻き付く鉄の首輪を引っ掻く。そして小さく舌打ちすると、再び影の中に潜り、波紋を広げながら移動する。

向かう先にあるのは、王都から離れた田舎の小さな村——コニア男爵領。

アリス達のもとに、新たな騒動が近づこうとしていた。

＊＊＊

アリスが生きるこの国の夏は、日本と違って湿度が低く、温暖化やヒートアイランド現象などとも縁遠いため、日本の夏を知るアリスには過ごしやすく感じる。

しかし、それでもまあ暑いものは暑い。

窓の外では燦々《さんさん》と太陽が輝き、分厚い入道雲が空を流れている。

アリスはローズと共に、居間の窓際に置いてある小さなテーブルを挟んで座り、窓を全開にして涼やかな風を感じながら午後のお茶を楽しんでいた。

「最近、暑くなってきて、夏を感じますね」

「そうねぇ。けど、こういう時こそ油断していると体調を崩すの。人間は脆いんだから、気をつけなきゃだめよ」

いかにも健康の化身のような姿をしたローズにそう言われると、確かに自分は彼女に比べれば脆いだろうと思ってしまう。

アリスは素直に気をつけると頷き、ローズはそうしなさいと紅茶を飲み干す。そして、今日のおやつである冷たいゼリーを口にする。

「ああん、美味しい……♡」

うっとりとするローズに、アリスはにっこりと微笑む。

このゼリーには、この地で採れないはずのマンゴーがふんだんに使われていた。普通、産地でもない地でそうした食材を手に入れようと思うと、とんでもない金額が請求される。当然、さして裕福でもない田舎貴族であるコニア男爵家が手に入れられるような食材ではない。

しかし、最近ではたまにそういう珍しい食材がコニア男爵家の食卓に上がるようになった。

「ダンジョンって、ホント、すごいですよね。海の向こうの食材まで手に入るんですから」

アリスの言葉に、ローズもそうよねぇ、と同意した。

そう。このマンゴー、なんとダンジョン産のものなのだ。

未だに肉目当てで通っていたダンジョン探索なのだが、最近到達した階層は食材メインの階層らしく、珍しい食材が多くドロップする。おかげさまで、最近のコニア男爵家の食卓は大変潤っている。ただし、コックは珍しい食材を前に、どう料理すれば美味しいのかと奮闘が求められている。

それもまた幸せな苦労だと、笑って職務に励んでいるのは幸いだ。

そんなコックの奮闘の成果を笑顔で口にしながら、ローズとおしゃべりをしていると、風の通り道を作るために開けていた扉を叩く音がした。

「ごめん、アリス。ちょっといいかな？」

扉の傍に立っていたのは、アルフォンスだ。

アルフォンスは数枚の書類を持っていた。父の仕事の手伝いだろう。最近父はアルフォンスに頼りすぎて逃亡癖が酷くなり、先日、とうとうクリントによって椅子に縛り付けられて仕事をしていた。アリスが鍛え上げた己の拳で説教する日も近いかもしれない。

アルフォンスはアリスに書類を見せ、内容を説明し、質問する。それに頷き、質問に答えようとした、その時。

不意にローズが何かに気づいたようにパチリと目を瞬かせた。そして、視線を対象に走らせ、思わずその言葉をこぼした。

「あら？　ダーリン君、もしかして、太った？」

――時が、止まった。

シン、と静まり返る部屋。

窓の外で燦々《さんさん》と輝いていた太陽は分厚い雲に隠れ、不穏な音を地上へ響かせる。

「……あらぁん？」

落ちた沈黙から、まずいことを言ったと察したローズは冷や汗を流しながら視線を泳がせる。

アリスもまた、書類に落としていた視線をゆっくりと動かし、アルフォンスの顔を見上げた。

――ピシャァァァアン！

雷鳴が轟《とどろ》き、稲光が室内を照らす。

「あるふぉんす……さま……？」

恐る恐る、アリスは愛する旦那様の名を呼ぶ。

「うん、何かな？」

アルフォンスは、笑顔を浮かべていた。完璧な、微笑みである。

（こ、こわい……）

ポツリ、と大地に雨粒が落ち、外は雷鳴轟《とどろ》く嵐へと姿を変える。

アルフォンスは完璧な微笑みのまま、告げた。

「ねえ、アリス。今度、私とデートに行かないかい？」

「へ？」

脈絡のない誘いに、アリスは目を瞬かせた。

「それで、デートの場所なんだけど……」

アルフォンスの微笑みが輝く。

「ダンジョンなんてどうだろう？」

アリスとローズは、アルフォンスが過激なダイエットを思い付いたことを悟った。

＊＊＊

豪雨は通り雨だったらしく、その日の夜にはやみ、翌日には気持ちの良い青空が広がっていた。

そんな青空の下で、アリスとアルフォンス、そしてローズはダンジョンの前に立っていた。

「今日は良いダンジョン探索日和だね」

輝く笑顔でそう言うアルフォンスの後ろで、アリスとローズが顔を寄せ合ってひそひそと話す。

「ゴメンなさいね、アタシが余計なことを言ったばかりに……」

「いえ、そんなことは……。でも、アルフォンス様、特に太ってはないと思うんですけど」

「そうね。でも、適性体重内ではあるけど、ベルトを留める穴の位置が一つ変わったのは確かよ」

健康美の化身は、己の目敏さと軽い口を半ば後悔しながらそんなことを言った。

「言い方を間違えたわ。前は窶《やつ》れ気味だったし、健康的な意味で太ったと思ったのよ」

「ウエストの増加はデリケートな問題ですからね……」

それが健康的で良いという意味であろうとも、本人が気にしていれば、他人がなんと言おうとマイナス方面で気になるものだ。他人の体型関連には容易に触れない。それが一番である。

「さあ！　行こうか！」

素晴らしい王子様フェイスでお誘いいただく先は、暴力必須の狩り場である。

アリスとローズは引きつった微笑みを浮かべながら、粛々《しゅくしゅく》と足を動かしたのだった。

＊＊＊

薄暗い回廊を照らすのは、等間隔に設置された松明《たいまつ》だ。

しかし、その松明《たいまつ》はどんな強風を受けても火が消えることはない。また、不思議なことに無造作に設置されているように見えて、それを手に取ろうとしても外れることはなく、動かすことはできない。そして、そういう物にどんな大魔法をぶっ放しても、ちょっと焦げるか砕けるしかしない。

それが、ダンジョンの不思議である。

そんなダンジョンの中、松明《たいまつ》の光に照らされて落ちた影が、忙しなく動く。

「アリス、《速度上昇《スピードアップ》》！」

「ありがとうございます！」

軽くなった体は、黒い体毛の中型犬サイズのイタチの間を縫うようにして進み、その首を刎ねる。

イタチは崩れ落ちると同時に魔力の粒となって消滅し、その場にアイテムや魔石が音を立てて落ちた。

しかし、戦いはそれで終わったわけではない。

戦闘後の隙を狙うかのように、羽が刃物となった小さなコウモリがアルフォンス目がけて飛んできた。

しかし、彼はそれを剣でもって難なく斬り落とした。

そうして魔物はすべて倒され、ドロップしたアイテムを拾いに身をかがめる。

アリスがドロップアイテムの牙の質を確かめていると、ローズがそっとこちらへ寄ってきた。

「ねえ、アリスちゃん。ダーリン君、元王太子なのに強すぎない？」

通常、王太子などの身分ある者が、ダンジョンの下層でも通用するような強さを持つ必要はない。

なぜなら、彼らの仕事は国や領地を治めることであり、身を守るのは護衛の仕事になるからだ。

「学園でもアルフォンス様の腕前は結構な評判でした」

サポートに優れ、剣の腕前も並の騎士ほどにはあると教師が褒めていた。

アルフォンスの境遇から察するに、彼を物理的に守る人材も少なかったのだろう。必要に駆られてサポートが上手くなり、剣の腕前も上がったのだ。

「校外実習でダンジョン攻略があるんですけど、アルフォンス様のグループは下層まで到達していましたから、相当ですよ」

そんな腕前を持たざるを得なかったことを考えると、哀憫の念が胸に落ちる。

「それだけできるなら、ここに来るのも無茶じゃないわよね」

確かにアリスやローズを当てにしているが、それだけではない。彼は立派な戦力の一人だ。

嬉しそうにドロップアイテムを眺める姿を見ながら、ローズは「いい気分転換にもなっているみたいだし」と苦笑する。

アリスはアルフォンスが楽しんでいるなら、それでいいと微笑み、回収したドロップアイテムを持って彼のもとへ駆けていく。

「大量ですね、アルフォンス様」

「ああ。もしよければ、この素材で新しいコートを作ったらどうだろう」

「わあ！　それは素敵ですね。材料は持ち込みですから、安く済みますもの！」

そうして嬉しそうにドロップアイテムを見せあうアリス達の姿に、ローズの脳裏にある危惧がよぎる。

「……まさか、デート先にダンジョンが加わって、それが常態化する可能性とか……、ないわよね？」

思わずこぼした不安は、妙に現実味を帯びていた。

もしかすると、『愛と情熱の大精霊』のプライドにかけて、軌道修正が必要になる日が来るかもしれない。

ローズはその日を想像し、思わずしょっぱい顔をしたのだった。

第十章

——嗚呼《ああ》、嫌だな……


小さな呟きが、空気に溶ける。

燦々《さんさん》と降り注ぐ太陽の下に、小さな影が落ちている。

小さな影の主は、銀の髪と赤い瞳、そして浅黒い肌を持ち、背に蜻蛉《かげろう》のような羽を持っていた。

汗ばむほどの陽気だが、小さな影の主が感じる風は、ヒヤリと冷たい。その風は、ダンジョンである洞窟から吹いているからだ。

ふわりと浮かぶようにして飛ぶ影の主は、忌々《いまいま》しそうに己の首にある鉄の首輪に触れる。そして、触れた指先からジワリと闇が漏れるが——バチンと火花が散って、それを掻き消した。

火花は影の主の首に火傷《やけど》を負わせ、影の主はそれに落胆の溜息をつきながら、慣れたように魔法で癒やした。

そして、諦念に暗く淀んだ瞳を上げながら、ゆっくりと己の影に沈んだ。

＊＊＊

アリスが妙な違和感を覚えたのは、そろそろダンジョンから引き上げるかと話し合っていた時だった。

一瞬、空気に妙な澱《よど》みが混ざったような気がしたのだ。

アリスはあたりを見回し、その時にローズが眉間にしわを寄せて険しい顔をしているのに気づく。

「ローズ様、どうか――」

しましたか、と聞こうとした、その時。

アリス達の足元。

影がぶわりと広がり、まるで飲み込むようにアリスとアルフォンスを引きずり込んだ。

「アリスちゃん！」

ローズが慌ててこちらに手を伸ばすも、それは届かず。

アリスとアルフォンスは、闇へと意識を落とした。

＊＊＊

アルフォンスが意識を取り戻し、目を開いた先にあるのは、闇だった。

自身の姿すら視認できぬほどの暗闇に、アルフォンスは混乱した。目が見えなくなったのかと思ったのだ。しかし、気を失う前に起きたことを思い出して、ここが影の中なのだと気づくと、嫌な音を立てていた心臓が落ち着いていくのを感じた。そして、そこで自分が地面に立っておらず、かといって寝ているわけでもなく、まるで水の中にいるかのように、闇の中を浮いて漂《ただよ》っているのだと気づいた。

現在この身に起きていることは、明らかに人間業ではない。しかし、ダンジョンのトラップではないだろう。

アルフォンスはあたりを警戒しながら、魔法を使ってみることにした。

「《点灯《ライト》》」

アルフォンスの指先に光が灯り、その体を闇の中に浮かび上がらせる。しかし、数瞬後、指先の光は闇に呑まれるようにして消えてしまった。どうやら、アルフォンスの魔法は、この空間に負けてしまうらしい。アルフォンスは多少腕が立つだけの箱入り王子だ。この空間を破れるほどの大魔法など使えない。

もし、それができるとすれば――

「……信じているよ、アリス」

そう呟いて、アルフォンスは来るべき時が来るまで、静かに目を閉じた。


時は、アルフォンスが意識を取り戻した時に遡《さかのぼ》る。

丁度、同時刻。アリスもまた意識を取り戻した。

目を開ければ周りは真っ暗。しかも、自身は水の中を漂《ただよ》うかのごとく闇の中に漂《ただよ》っている。

慌ててあたりを見回すも、周りは闇が広がるばかりで、何もない。当然、アルフォンスもいなかった。

そして、そこで自分がなぜここにいるのか思い出す。アルフォンスと共に影に引きずり込まれたのだ。

自分の体を見下ろし、異常がないことを確認する。

怪我はなく、衣類に乱れもない。特に問題はないようだ。

この時、アリスはそれが異常であることに気がついていなかった。人がものを見られるのは、光の反射によるものだ。光の差さぬ空間で、自分の体が見えることは、本来ではありえない。

それに気づかないアリスは、自分を落ち着かせるために深呼吸して、考える。

まず、何が起こったか。

「アルフォンス様とローズ様と一緒にダンジョン探索をしていて、影に引きずり込まれた。引きずり込まれたのは、私と、アルフォンス様の二人。あの場所にダンジョンのトラップはなかった」

と、いうことは、これは何者かの作為によるもので、この闇の中のどこかにアルフォンスがいる可能性が高い。

「探さないと……！」

アリスはひとまず指先に魔法で光を灯したが、それはしばらくすると闇に呑まれてしまった。

異様な消え方にぎょっとするも、諦めず今度は指先に小さな火を灯してみる。すると、火はゆらゆらと揺れるも、消えることはなく、そのままあたりをほのかに照らしている。

「……どうしてかしら？」

先ほどの光が消えたのは、この空間で光を灯されるのは都合が悪いからだろう。しかし、同じくらいの魔力量で、規模も小さい火の魔法は消えなかった。いったい、何が違うというのか。

「……あ。もしかして、大精霊の契約者だから？」

思い至る先は、自称『愛と情熱の大精霊』にして、その実『炎の大精霊』であるローズだ。ローズと契約してから、アリスは火系統の魔法の威力が増し、その調整をした覚えがあった。アリスは気づいていないが、自身の姿が闇の中ではっきり見えるのは、そのおかげでもあった。大精霊の影響下にある火の魔法は、消すことができない。つまり、この空間を作った者は、大精霊の格下ということだ。

「けど、こんな空間を作れるなんて、人間業じゃないわ」

大精霊より格下の存在なんて、山ほどいる。そして、アリスより格上の存在もまた多い。しかし、その格上のローズがここに助けに来ないということは、この空間を作った存在はそれ相応の実力があるということ。つまり、アリスでは負ける可能性が高いのだ。

「どうにかしないと……」

正直、アルフォンスがどうにかできるとは思えない。彼はアリスが足下にも及ばないほど頭がいいが、この空間を破れるほどの力があるわけではない。思いつきはしても、実行する力がないのだ。

「《炎よ》」

指先に灯った火に魔力を送る。火は轟々《ごうごう》と燃え上がり、炎の塊が出現する。そして、それに更に魔力を送ろうとした――その時だった。

「あのさ、それ、やめてくれよ」

背後から、声がした。

気配を感じられなかったそれに驚き、振り返った先にいた存在に、驚きを重ねる。

そこにいたのは、子供だった。ただし、ただの子供ではない。背中に蜻蛉《かげろう》のような羽がある、人間の掌サイズの小さな子供だったのだ。

「妖精!?」

人間の仕業ではないと思ったが、まさか妖精だとは思わなかった。

妖精は、ある意味精霊よりも珍しい存在だ。

精霊は気まぐれに人間の前に姿を現すことがあるが、妖精は徹底的に人の前に姿を現さない。それは、端的に妖精が弱いからだ。

もちろん、妖精は人間よりも保有する魔力量が多く、魔法も堪能だ。それだけなら、ヒエラルキーでは上位に位置づけられる。しかし、魔法を無効化されるとそうはいかない。残るのは小さな脆い体だ。そうなると、逃げ出すのは困難となる。そして、妖精を捕らえるようなことをする者は、たいてい碌《ろく》な人間ではない。捕らえられた先には絶望しかないのは想像に難くない。そのため、妖精は自衛のために欲深い人間から姿を隠し、人里離れた秘境と呼ばれるような地で生活している。

そんな妖精が、アリスの目の前にいた。

「なんか、巻き込んじゃって悪かったよ。用事が済んだらすぐに解放するから、大人しくしていてよ」

用事。

この妖精が言う用事とは、何を指すか。

背筋が泡立つような嫌な予感を抱きながら、尋ねる。

「……用事って、なに？」

妖精の気だるげな赤い瞳が、アリスに向けられる。

「第一王子の暗殺」

その瞳に映るアリスは、目を見開いて愕然とした顔をし――次の瞬間、激怒した獣のように顔を歪《ゆが》めた。

＊＊＊

聞こえたのは、轟《ごう》、という燃えさかる炎の音。

生物の本能が脳に痺《しび》れるような警告を出し、襲い来るそれから慌てて逃げる。

妖精は己が支配する空間に、轟々《ごうごう》と赤い炎が広がるのを信じられない面持ちで見つめる。

確かに、大精霊の契約者だとは聞いていた。しかし、契約者が第一王子の暗殺に激怒するような情を抱いているとは聞いていなかった。

（あのクソ野郎！　デタラメな情報をよこしやがった！）

妖精は、不運にも国王に捕まり、隷属の首輪を嵌《は》められた奴隷だった。

彼の名はロイといい、影を司《つかさど》る妖精だ。

首輪はどうやってもロイには外せず、無理に外そうとすれば、己の身を傷つける。ある程度の傷は魔法で治せるが、それを超えて負傷すれば死に至る。博打《ばくち》は打てなかった。

そうしてロイは国王の個人的な奴隷として働かされてきた。その仕事内容は、国王にとって都合の悪い人間の始末だ。

ロイから見れば、国王は頭のおかしい人間だ。国王は、自分を清廉潔白な人間だと心底信じていて、それに黒いシミを作ろうとする人間を悪だと思っている。だから、王妃との一途な愛に水を差すように放り込まれた側妃を憎み、その女との間にできた第一王子を己の輝かしい人生の汚点だと思っている。

だから、国王は第一王子を消してしまいたいのだ。

馬鹿な男だ。本当に頭がおかしい。

それが許される行いだと、奴は心から信じている。

(そんなわけないだろ！)

ロイは飛んでくる炎を必死になって避けながら、心の中で叫ぶ。

第一王子は優秀な王子だった。次代のトップに据えるに足る人間だった。

国王に疎まれているがゆえに派閥は小さかったが、彼の周りにいる人間には好かれていた。もし彼が害されようものなら、害した人間を憎み、報復を考えるだろう人間だっていただろう。

（今、目の前にいる女みたいにな！）

あまり外に出られない妖精のロイですら知っているのに、あのクソ国王は第一王子は誰からも愛されない邪魔者だと心から信じているのだ。

（まあ、オレも権力失って魅力が半減した王子と無理矢理結婚させられて、貴族令嬢としては終わらせられた男爵令嬢はさぞ第一王子を恨んでいると思っていたんだけどな）

しかし、実際は第一王子の暗殺と聞いて激昂するほど第一王子に情を抱いている。国王の偏見を知っていたのに、もたらされた情報をそのまま信じ、ろくに情報収集をしなかったのが徒《あだ》となった。

自分も、とんだ間抜けとなった。

「あーあ……」

隷属の首輪をつけられ、いったいどれほどの月日が流れたのか。

自由になりたいと願い続け、今。

巨大な炎が、人の形を取って身を起こす。

ロイは目の前の少女が作り上げた炎の巨人を前に、死を覚悟した。

＊＊＊

妖精の一言は、アリスの理性の綱を簡単に引きちぎった。

本来、アリスの理性の綱はこんなに脆いものではない。もっと我慢強い性格で、今回のようなことがあっても、もう少し冷静に対処できる。少なくとも、相手を殺すことを躊躇《ちゅうちょ》する。

しかし今回、アリスは簡単に激昂し、ロイを殺すつもりでいた。その原因は、ローズこと愛と情熱の大精霊――ならぬ、その正体である炎の大精霊との契約が関係していた。

そもそも、火系統の精霊は感情の波が激しい。感激屋で落ち込みやすく、そして、何よりも怒りは『爆発』と評されるような怒り方をする。

長く生きればその感情の制御もできるようになるのだが、若ければ若いほどそうした制御を苦手としていた。

今回、アリスが激昂したのは、契約した精霊の性質に影響を受けたからだ。

契約者と精霊の仲が深まれば、精霊からの加護が厚くなる。そして、契約者はそのぶん精霊の性質の影響も受けるようになるのだ。つまり、アリスは炎の精霊のように、感情の起伏が大きくなり、激昂しやすくなっていた。これまでそれに気づかなかったのは、アリスが実家暮らしでリラックスしていたのと、ローズとの絆が深まっている最中であり、影響がまだそれほどではなかったからだ。

つまり、今回初めて契約精霊の影響が表に出たわけだ。

アリスは自覚のないまま、暴走といって間違いない状態で炎を操る。

湧き上がる怒りのままに。

愛する男を殺すと言った存在を消すために。

己の中の不安を、確実に消すために。

アリスは、炎を――

「アリス、そこまでだ」

アリスの手に、大きな手が添えられた。

＊＊＊

添えられた手の温もりを感じた時、アリスは手放していた理性の綱を渡されたような気がした。

アリスはゆっくりと振り返り、温もりの主を振り仰ぐ。

その人は金の髪に、青い瞳の美男子で、その瞳はアリスに優しい感情を伝えてくる。

感情が徐々に落ち着いてくると共に、周囲で燃えさかる炎も小さくなっていく。

「あるふぉんす……さま……？」

意識がはっきりせず、どこか舌足らずの声が、アルフォンスの名を呼ぶ。

アルフォンスは柔らかく微笑んで、アリスの頬を撫でる。

「さあ、ゆっくり力を抜いて」

聞こえる声のままに力を抜き、その胸に体を預ける。

「もう、大丈夫だよ」

その言葉に安堵し、小さく息を吐き出した。

どこかぼんやりした様子のアリスを胸に抱きながら、アルフォンスはボロボロになったロイに視線を向ける。

「さて、話をしようか」

その言葉にロイは苦々しい顔をするも、溜息を一つついて、観念したように頷いた。

＊＊＊

「う……」

小さなうめき声が耳に届き、アリスはもうろうとする頭で、それが自分のものだと気づいた。

そして、ゆっくりと目を開いた先にいた人物は――

「アリス、よかった。気がついたんだね」

金髪碧眼の美男子《アルフォンス》のドアップに、アリスの頭は沸騰した。

慌てふためくアリスを落ち着かせ、アルフォンスは今の状況を説明する。

「とりあえず、今いる場所はダンジョンの外だよ。妖精が作った空間からは無事に脱出できた」

言われ、アリスはあたりを見回す。

周りはうっそうと木々が生えており、アルフォンスの背の向こう側にはダンジョンの入り口である見慣れた洞窟があった。どうやらあの後、気を失ってしまったらしく、ここまでアルフォンスが運んできてくれたようだ。

そして、更に巡らした視線の先、視界に飛び込んできた光景を見て、思わず固まった。

「よくも、アタシのアリスちゃんをぉぉぉぉぉぉ！」

「契約精霊がゴルバトス様とか聞いてない！」

怒髪天《どはつてん》を衝《つ》く健康美の化身が、妖精を握りつぶそうとしていた。

「突然のクライマックス！」

バックに煉獄《れんごく》の炎を背負うローズの顔は、般若面《はんにゃめん》のようだった。

「起きて早々に申し訳ないんだけど、重要参考人の口が塞がれる前に止めてほしいんだ」

アルフォンスの心底困った様子に、アリスは飛び起きてローズの凶行を止めるべく、その引き締まった腰にすがりついたのだった。


妖精はロイと名乗った。彼は、影を司《つかさど》る妖精なのだという。

彼は城内をこっそりうろついている時に国王に捕まり、隷属の首輪をつけられたそうだ。

ロイは悔しそうに過去を振り返る。

「偶然見つかって、少しずつ話すようになって、友達になったと思ったんだ。けど、アイツはそう思ってなくて、便利な道具になりそうだから機会をうかがっていただけだった」

実際、国王にそう言われたそうだ。

その話を聞き、アルフォンスは申し訳なさそうな顔をしていた。しかし、アリスとしてはアルフォンスもまた国王の被害者の一人だ。彼が父親の業を背負う必要はない。だから、そんな顔をしてほしくなくて、己の体温を分けるように、その手をそっと握った。

ロイの仕事は、国王にとって都合の悪い人間の始末だ。

影に引きずり込んで、そのまま放っておけば人間なんて数日で死ぬ。そして死体を適当に放り出せば、怪奇現象のできあがりだ。

そういう不気味なことがあれば、その家に寄りつく人間は減り、悪くすれば没落。少なくとも勢いは衰える。

ロイは、そういうことをさせられていたそうだ。

「なんの恨みもないのに、人間には悪かったと思ってるよ」

そう言いながらも、言葉が軽く聞こえるのは、彼が妖精だからだ。人の形をしていても、彼の種は精霊に近い。人間はサイズこそ違うが、人の形をしている妖精に親近感を抱きやすい。しかし、妖精からしてみると人間は犬猫、悪くすると虫と同じくらいに種として大きな隔たりを感じている。

そんな妖精に友情を抱かせた国王は、忌々《いまいま》しいほどの手腕を持っていたのだ。

「けど、まあ、ここまでだな。大精霊の契約者に手を出すつもりはなかったけど、結果的に敵対行動をとったのは事実だ。覚悟はできた」

一思いにやってくれ、と目をつぶったロイに、アリスはうろたえる。

「え、でも、もう私達に手を出す気はないんでしょう？」

ロイはアルフォンスを殺すことを諦めたという態度を取っている。そうすると、アリスも手出しするのにためらいが出る。

しかし、ロイは首を横に振る。

「オレはアイツに隷属している。アイツの命令通りに動かないとこの首輪が絞まるんだ。まだ時間に余裕があるけどいずれは死ぬ。そこの王子様を殺さないなら、今死ぬか、後で死ぬかなんだよ」

溜息交じりのそれに、アリスは息を呑む。

どうにかならないかとローズを見るが、ローズのロイを見る目は冷たい。助けるつもりはないようだ。しかし、アリスが強く頼めば頷いてくれるだろう。けれど、彼女の力をどう使うかは、彼女が決めるべきことだ。

（それに、私のために、怒ってくれている）

ローズが許さないのは、アリスを大切にしてくれているからだ。それなのに、アリスは襲撃者の助命を超え、救済を願おうとしている。これは、ローズの想いを蔑ろにしていないだろうか？

正直、アリスはアルフォンスの命を狙ったロイに対して、心の底では怒りの感情が燻《くすぶ》っている。そして、ロイを完全に信用したわけではない。諦めを見せていても、いざとなればやはりアルフォンスの命を狙うのではないかという不安がある。

そんなロイの命より、アリスにはアルフォンスの身の安全や、ローズの気持ちのほうが大切だ。アリスは『乙女ゲーム』のヒロインのように、純粋無垢な乙女ではない。

どうすべきかと迷っていたその時、アルフォンスがアリスの肩に手を置いて、安心させるように微笑んだ。

「アルフォンス様？」

「大丈夫、私に任せて」

そう言って、アルフォンスはロイに向き直る。

「ロイ。君はもう私を狙うことはしないと約束できるかい？」

アルフォンスの問いに、ロイは肩をすくめて苦笑する。

「言っただろ。諦めたよ」

疲れたように言うロイに、アルフォンスは頷く。

「それでは、君を解放しよう」

「え？」

ロイがその意味を理解するより早く、アルフォンスはロイの鉄の首輪に触れ、力ある言葉を放つ。

「《ヤドリギは宿主を失い、アコウは立ち枯れる――解放――》」

言葉と同時に、鉄の首輪に光の文様が走り、パキリ、と首輪に小さなヒビが入る。ヒビは次第に大きなものとなり、ついに――

「あ」

パキン、とあまりにも軽い音を立て、あっけなく割れて地に落ちた。

「うそ……だろ……」

ロイは信じられないと震える声で呟く。

「あの人の手口は理解している。いつか私も隷属の首輪をつけられるのではないかと不安でね。だから、解呪方法は色々と知っているんだ」

穏やかでありながら、凪《な》いだ声音のそれに、ロイはアルフォンスの顔を凝視した。そして、震える指先で地に落ちた首輪を拾い、引きつったような、歪な笑みを浮かべた。

「は……はは……、あはははは！」

瞳孔の開いた目で狂ったように笑い、アルフォンスに告げた。

「ああ！　素晴らしき王子よ！　人の子よ！　お前の施し、確かに受け取った！　お前に祝福を！

影の祝福を！　妖精の感謝を‼」

狂喜の言葉と共にロイから吹き出した影がアルフォンスを包み込み、一瞬の後に彼を解放する。

驚きに目を見開くアルフォンスの手の甲には、黒いスズランの花の文様が刻まれていた。そして、
それはしばらくすると薄れていき、消えた。

「アラ、影の妖精が人間に祝福を与えるなんて、珍しいわね」

パチリと一つ瞬いて呟くローズの目からは、険が薄れていた。

「あの、影の妖精の祝福って？」

「簡単に言えば、鎧《よろい》をプレゼントされたの。影の妖精の祝福は、精神異常攻撃への耐性ね。魅了魔
法をかけられても弾けるから、他の女から厄介なちょっかいをかけられても安心よ」

どうやらアリスにとっても安心材料となるため、ローズはロイへ向ける険を緩めたらしい。

そして、ロイは改めてアルフォンスに向き直る。

「なあ、王子様。安心していいぜ。これからはもう、あのクソ男からのちょっかいはない」

確信に満ちた言葉だった。

それはどういうことか問おうとするも、妖精はすぐに高く飛び上がり、こちらを見下ろして言う。

「また会おうぜ、人の子達！　ゴルバトス様も、失礼いたしました！　いずれ、お詫びに参りま

す！」

そう言うが早いか、すぐに飛び去ってしまった。

それに「アタシの名前はローズよ！」とローズが怒鳴《どな》っていたが、ロイの姿は既にない。

怒濤《どとう》の展開にアリスとアルフォンスは呆気にとられながら顔を見合わせ、同時に吹き出す。

「帰ろうか」

「ええ、帰りましょう」

ぷりぷり怒るローズに声をかけ、アリス達は赤く染まりはじめた空の下を歩く。

これからもトラブルはあるだろう。

しかし、アリスは一人ではない。頼りになる大好きな旦那様や、素敵な契約精霊がいる。他にも、アリスを大切にしてくれる人達がいる。

だからきっと、明日からも大丈夫だ。

アリスは横を歩くアルフォンスの手をとり、満面の笑みを浮かべた。

第十一章

男は、ようやく手に入れた魔道具を眺め、笑う。

「ああ、これで彼女と永遠に共にあれる」

歪《ゆが》んだ笑みを浮かべるその男の考えをもし知ることができるなら、その悍《おぞ》ましさに吐き気を覚えたことだろう。

「ああ、愛しい――」

呟きは、窓ガラスを打ち付ける風の音に紛れてしまい、口にした本人の耳にすら届かない。

男の魔の手が、ある少女に伸びようとしていた。

＊＊＊

ルビアス王国は、王政だ。

王が頂点に君臨し、政治を行う。

ゆえに現王は貴ばれ、彼が国家に有用であるからこそ、その意を汲まれてきた。

だが、彼が国家に必要ないと判断されれば、どうなるか。

基本的に善良であるように見えるが、前国王の唯一の子として大切にされてきた。必要な躾《しつけ》をされ、教育されてきたとしても、子供の頃に身につけてしまった我が儘さは、年をとるごとに自分に都合のいい傲慢な正義感に姿を変えていった。しかしその性質は己の評判を落とすものだと自覚していたのか、それを隠すのもまた上手くなっていった。

しかし、いくら隠すのが上手くなろうとも、染みついた性根は滲《にじ》み出ることがある。それを特に隠せなかったのが、側妃を娶《めと》った時だろう。

『一途な男』という大義名分を得て行った数々の仕打ちは、多くの者が眉をひそめた。

更には、彼に都合の悪い人間が、表舞台から不自然な退場の仕方をしている。勘のいい者は、国王に疑惑の目を向けていた。

はたして、そんな男が国の頂点に君臨させておくに相応《ふさわ》しい人物といえるだろうか？

その答えが今、出ようとしていた。


「あああああああああああああああ！」

ベッドの上の男は端正な顔を歪《ゆが》め、狂乱し、暴れる。

あまりに暴れるものだから、男はついにその手足を鎖で繋がれ、猿ぐつわをかまされ、ベッドから移動できなくされた。

そんな男を戦々恐々と見守るのは、彼――ルビアス王国国王の息子である第二王子シリル・ルビアスと、シリルの母であり、国王の妻たる王妃。そして、この国の宰相と護衛騎士、使用人達である。

国王がこうなったのは、朝日が昇る前のこと。

突然国王の部屋から悲鳴が上がり、何事かと駆けつければ、国王は何かに怯えるように叫び、駆けつけた騎士にものを投げつけて酷く暴れた。

どうにか取り押さえ、医師が鎮静剤を打つも、効果はない。そうなると、次の可能性は魔法による精神的な攻撃だ。すぐに宮廷魔道士が呼ばれ、それは呪いであると分かった。

しかし、呪いと分かっても、そこから解呪の手は進まなかった。宮廷魔道士にすら手に負えない呪いだったのだ。

残る手は一つ。ベアトリス・バクスウェル公爵令嬢の契約精霊である、光の大精霊による解呪だ。それが判明してから、早急にベアトリスが呼び出され、彼女は光の大精霊を連れて王宮にやってきた。そして、狂乱する国王の姿を見て怯えるように身をすくませるも、すぐに公爵令嬢としての仮面を被り直した。

「すまない、ベアトリス嬢。どうか、父を助けてほしい」

「もちろんです、シリル様」

愛する人からの頼みであり、その人の父親を救うことに疑問などない。何より、相手は国王陛下なのだ。一臣下として、国王を救うのは当然だろう。

ベアトリスは緊張しながらベッドの傍に近づき、光の大精霊の名を呼ぶ。

「ルーカス様、お願いいたします」

その願いを受け、ルーカスが国王に近づく。そして――

「なんと愚かな男だ」

端正な顔を嫌悪に歪《ゆが》めた。

そのまま踵《きびす》を返し、国王から離れる。その足は止まることなく扉へと向かっており、ベアトリスが慌てて呼び止めた。

「ルーカス様!?　どうなされたのですか？　陛下の解呪を――」

「解呪はしない」

ベアトリスに呼び止められたことで足を止めたルーカスは、忌々《いまいま》しそうに告げる。

「それは妖精の呪いだ。その男は、妖精を隷属の首輪で隷属させ、その報復を受けたのだ。自業自得だ」

「なっ⁉」

まさかの言葉に、ベアトリスは目を剥く。

隷属魔法に連なるそれらは、罪人以外に使うのは違法だ。特に隷属の首輪での支配など、このルビアス王国では嫌悪の目で見られる所業である。そして、『隷属』はルーカスの地雷だ。彼は大昔に捕まり、魔道具の材料の一つとして隷属させられた。人間に対する怒りは、まだ忘れていない。

そんなルーカスに、妖精を隷属させていた国王を助けてくれなどとは言えない。しかし、その国王はベアトリスが頂点に仰ぐ国家の主であり、愛する人の父親でもある。ルーカスに無理を通したくないが、愛する人の願いを叶えたい。相反する願いに、ベアトリスは迷いを見せる。

そんな契約者の姿に、ルーカスは仕方がないとばかりに溜息をつき、再び国王に向き直る。

「私が解呪を頼まれるのを予想していたのだろう。妖精は、私にメッセージを残した。……そうだな、それをお前達にも見せてやろう」

そう言って、彼が手をかざして呪文を唱えると、国王の体が淡く発光し、それが現れた。

国王の肌に浮かび上がる、黒い文字。それは、彼の顔面だけと言わず、足の裏までみっちりと刻み込まれており、その異様さは妖精の恨みの深さを思い知らされる。

「見てみるがいい。分かりやすく顔に書いてある」

国王の顔には、『この者、隷属の首輪にて妖精を隷属させし愚物である。よって、妖精の報復を行う』と書かれていた。

そして、国王の身に書かれているものは、それだけではない。

「ブライアン・ベイン、アルベルト・グラス、クローレス……スウェル？　人の名前のようだが……？」

シリルが顔色を悪くしながら呟き、彼のその呟きに宮廷魔道士が肩をびくつかせた。

その反応を見て、知っているのかと問えば、宮廷魔道士は視線を彷徨《さまよ》わせてためらいを見せつつも、重い口を開いた。

「その……、クローレス・スウェルという方は、恐らく先代のスウェル伯爵かと思われます」

「……なぜ先代スウェル伯爵の名が？」

眉をひそめるシリルに、宰相が告げる。

「それは、今はいいでしょう。それよりも、解呪のことです」

誤魔化《ごまか》すかのような言葉だったが、シリルはそれに乗った。もし、そのまま深く尋ねていれば、それらの名は国王と対立していた貴族の名だと知れただろう。

それを後に知り、父への疑惑に心を揺さぶられるとは知らぬシリルは、ルーカスに視線をやる。

「ああ。そうだな。しかし、ルーカス様は……」

ルーカスは依然として冷たい視線を国王に向けるだけで、解呪をしてくれる様子はない。ベアトリスとの契約に至った事情は聞いているため、彼が国王の呪いを解呪したくない気持ちは分かる。

ルーカスにとって、隷属は地雷だ。これが人間相手なら権力でねじ伏せられただろうが、相手は大精霊。人間の権力など、大精霊にはなんの価値もない。もしこれで無理強いすれば、ベアトリスとの契約を切ってしまうかもしれない。大精霊の存在は、いるだけで他国への牽制になるのだ。契約を切られれば、国家の防衛に関する損失は大きなものになる。シリルは息子としては解呪してほしいが、王太子の立場からだと解呪を願うのはためらわれた。

シリルの迷いをくみ取ったのか、王妃が顔色を悪くしながらも毅然《きぜん》と顔を上げて前に出た。

「ルーカス様のお手を煩《わずら》わせることはありません。ご足労いただき、ありがとうございました」

そう言って頭を下げ、解呪の依頼を取り下げた。

それにシリルは目を見開いて驚くも、母の王妃としての決断に倣い、頭を下げた。

悔しかったし、悲しかった。

そんな思いがない交ぜになるも、それは国を守る者として、正しい決断だ。この国には、既にシリルという跡継ぎがいるのだから。

しかし、父を愛していた母は、どれだけ悲しく思っているだろう。公人としての立場を忘れなかった母を尊敬し、けれども悲しく思ったシリルは、母を支えようと決意した。

だから、気づかなかったのだ。

王妃が頭を下げたその時、ほっとしたように頬を緩めたことに。

夫からの独善的な愛を長く受け止め続けた王妃が、その日々の終わりに安堵したことに。

シリルは、最後まで気づくことはなかった。

＊＊＊

それは、ある夏の日のこと。

「え、国王陛下が逝去なされた!?」

コニア男爵家にもたらされたその報せに、デニスの素っ頓狂な声が響いた。

その声に反応して奥からアリスが顔を出し、その後ろからアルフォンスとローズが顔を出す。

本当であれば、使者は元王太子に対して気まずい思いをしただろうが、ローズの存在感に意識のすべてを持って行かれ、そういえば元王太子がいたな、と気づいたのはコニア男爵領から大分離れた街道でのことだった。

さて、そんな使者のことはさておき、国王逝去のことだ。

さすがに国王が逝去したともなれば、どんな田舎貴族だろうと葬儀に参列する。しかし、ここで問題になるは元王太子のアルフォンスである。

気遣うような視線が向かうなか、アルフォンスが口を開く。

「ああ、私のことは気になさらないでください。それに、王都への立ち入りは禁じられているので、許しがなければ関所で止められます。葬儀は基本的に家長とその夫人が参列していれば問題ありませんので、私はアリスと留守番をしてます」

「う、うむ」

あまりにも普段通りの穏やかな顔で言われ、逆にデニスが動揺する。

そんな二人のやり取りを見つつ、アリスがローズにこっそり尋ねる。

「ローズ様、もしかして、国王陛下がお亡くなりになったのって……」

「十中八九、妖精の報復でしょう」

妖精に手を出したんだから、当然でしょうと呆れたように言うローズに、デスヨネ、とアリスは頷く。

「アルフォンス様は――」

「清々しているみたいね」

爽やかな煌《きら》めくオーラを振りまくアルフォンスは、父親を亡くしたとは思えないほどにツヤツヤしている。

既に親に対する情など欠片もなく、あるのは己の命を十何年も狙ってきた最も厄介な人間への嫌悪と憎悪。その人物が消えてくれたのだから、そういう反応にもなるだろう。

それはそれとして、急な報せに屋敷の中は慌ただしくなる。

国王の急逝は国を揺るがすが、現在この国にはアリスを含めて二人の大精霊の契約者がいる。国外からの侵略などはないだろうが、しばらく国は落ち着かないだろう。

「ベアトリス様はどうしているかしら……」

アリスは最愛の人のかつての婚約者に意識を向ける。

彼女はシリルに好意を抱いていたとアルフォンスから聞いたが、二人が婚約を結んだという話は聞かない。

国王が亡くなったのなら、王太子となったシリルの伴侶となる女性の選定は急務だろう。きっと、近くシリルの婚約発表がなされるに違いない。

はたして、その相手はベアトリスになるのだろうか？

「ヒロインをざまぁした悪役令嬢は、ヒーローと幸せになるのがお約束だけど、どうなるんだろう？」

そう呟いて、アリスは王都の方角に視線を向けたのだった。

＊＊＊

ルビアス王国の首都、グローデンに弔いの鐘の音が響く。

主要施設の軒先には黒い旗が掲げられ、街ゆく人々は胸に黒いチーフをさしたり、首に黒いスカーフを巻いている。

大聖堂では国王の葬儀が執り行われており、公爵令嬢であるベアトリスも葬儀に参列していた。

そのベアトリスの隣にいるのは、ベアトリスより十歳年上の兄、クライヴ・バクスウェルと、その妻であるエリンだ。

ベアトリスは付き添いとしての参列だが、兄夫妻は公爵夫妻としてこの場にいた。

そう。ベアトリスの義父であるバクスウェル公爵は、兄にその座から追い落とされたのだ。

ベアトリスが思い出すのは、国王の解呪ができず、屋敷に戻った数日後のことだった。

国王の自業自得な結果とはいえ、ベアトリスは愛する人の父親を救えなかった。そのことが、ベアトリスの胸に重いものを積もらせた。

落ち込むベアトリスに、義父のカーティス・バクスウェル公爵は、気にすることはないとベアトリスの肩を抱き、手の甲を撫でた。

それが妙に気に障り、カーティスは慰めてくれているのにと分かっていながら、ベアトリスはその手を振り払って部屋に閉じこもった。

そうして鬱々《うつうつ》と日々を過ごしていたある日、ベアトリスはカーティスに呼ばれ、重い腰を上げて彼の執務室へ来ていた。

「お義父様、何かご用ですか？」

「うむ。そなたの婚約のことなのだが――」

カーティスの要件は、ベアトリスの新たな婚約のことだった。

幼馴染みの二人のことからベアトリスへの婚約の申し込みは減り、今回の国王の解呪ができなかったことも影響して縁談相手の格も落ちたそうだ。そして、もちろんシリルからの申し込みもない。

やはりそうか、と落ち込むベアトリスに、カーティスが仕方のないことだと慰める。

「お前はここにずっといればいい」

「いえ、そんなわけにはまいりません」

ベアトリスも一応、貴族の令嬢なのだ。そういうわけにはいかないのは分かっていた。シリルのことは諦めたくないが、どこにも嫁がず、未婚のオールドミスにはなりたくなかった。

「私も公爵家の娘です。家のためにも――」

「ここにいればいいと言ってる」

ベアトリスの言葉を遮り、強い口調でカーティスが言う。

その時、ベアトリスは義父の様子がいつもと違うことに気づいた。

「お義父様……？」

「……ベアトリス」

不思議そうな顔をするベアトリスに、カーティスは執務机の椅子から立ち上がり、ベアトリスの傍まで近づいてきた。そして、手を伸ばし、その手がベアトリスの頬に触れようとして――

「触るな」

白い手が、カーティスの手を掴んだ。

「ルーカス様!?」

ルーカスが突然現れ、二人の間に割って入った。

驚くベアトリスを、まるで庇うような仕草で、後ろに追いやる。

「私の契約者に触るな」

ルーカスに睨《にら》みつけられ、カーティスは一瞬ひるむも、すぐに余裕を取り戻して告げる。

「ルーカス様、ベアトリスは私の可愛い娘ですよ？　貴方様が警戒なされるようなことを私がするはずないではありませんか」

だからその手を離してほしい、と言うが、ルーカスは眉間のしわを濃くして益々強くその腕を握る。

「……そうですか」

「信じられぬ」

それは残念だ。

そうカーティスが呟いた、次の瞬間。

「それでは、お分かりいただくまで！」

「なにっ⁉」

カーティスがつけていた指輪が妖しく輝く。そして、それはいくつもの闇色の手へと形を変え、ルーカスを捕らえた。

そこからは、一瞬だった。

ルーカスに巻き付くようにしてその身を隠し、指輪に引きずり込んでしまったのだ。

「ルーカス様⁉」

ベアトリスは悲鳴を上げた。

まさかの事態だった。ルーカスがカーティスの指輪に封印されてしまったのだ。

「お義父様！　何をなさいますの⁉」

責めるベアトリスに、カーティスは――どろりと甘く微笑んだ。

「これで、邪魔者はいなくなった」

カーティスは、笑顔だ。

いつも見ている、笑顔だ。――本当に？

カーティスの目には愛がある。けれど、今まで見たことのない色をしている。

どろりとして、絡みつくような、恐ろしくて……悍《おぞ》ましい色をしている。

ベアトリスは身を固くした。

こんな様子の義父を、見たことがなかった。

恐ろしくて叫びたいのに、それをすると恐ろしいことが起きそうで、喉から息がかすかに漏れるだけで、音にならない。

カーティスの手がベアトリスに伸びる。

それは、ベアトリスの頬に触れた。


ぞっとした。


汚いものが触れたと思った。

どうして義父を汚いと思ったのだろう。

頭の一部が冷静な疑問を投げかけてきたが、本能が自分にとってそれは汚いものだからだと答えた。

一気に血の気が引く。

本能が、助けを呼べと命令を下す。

凍り付いていた喉が、息を吸い込む。

悲鳴を上げるため、口を開き――

「そこまでです、義父上！」

突然、執務室の扉が乱暴に開かれた。

雪崩れ込むように、一人の青年と、騎士達が執務室に入ってくる。そして、勢いのままにベアトリスとカーティスの間に割って入った。

黒髪に紫色の瞳を持つ、ベアトリスによく似たその人は――

「お兄様！」

彼こそがバクスウェル家次期当主、クライヴ・バクスウェルだった。

クライヴは、六年前から外交のために国外を飛び回っていた。帰国の予定は聞いておらず、兄がここにいることにベアトリスは驚く。

「お兄様、いったいどうして――」

気が抜けた声が出た。

声は震えていたが、安堵の色が滲《にじ》んでいた。

しかし、そんなベアトリスの言葉を無視して、クライヴはカーティスを睨《にら》み付けて言い放った。

「義父上はご病気だ。指の魔道具を取り外し、すぐに寝室へお連れしろ」

「クライヴ！」

カーティスが憎々しげに息子の名を叫ぶ。

ルーカスを封じた魔道具は騎士によって取り上げられ、クライヴに渡された。

クライヴは苦い顔をしてそれを受け取り、指輪に向かって「申し訳ありません、必ずお出しいたしますので、少しの間だけお待ちください」と告げ、改めてカーティスに向き直る。

「長かったですよ、義父上。貴方の手によって国外に飛ばされたせいで、根回しに六年もの時間がかかってしまいました」

養父を見つめるクライヴの目は、驚くほど冷たい。

「今日、この日をもって、貴方には当主の座から降りていただきます」

「何を馬鹿な——」

「丁重にお連れしろ」

「お前、こんなことが許されるとでも思っているのか！」

「許されないのは、貴方のほうです」

見下すようにそう告げ、騎士達がカーティスを取り押さえるように掴み、その体を執務室から引きずり出す。

その際、カーティスとベアトリスの目が合った。そして、カーティスが叫んだのは、亡くなったベアトリスの母の名だった。

「お兄様、あの、いったい何が……」

目の前で起きた一連の事態に、ベアトリスは混乱する。

「ベアトリス、お前は部屋で待っていなさい」

クライヴがそう告げると、泣きそうな顔をしたベアトリス付きの侍女がやってきて、そっと労るように自室へ行くよう促された。

「いったい、何が起きたの……？」

自室につき、ベッドに腰かけて自問自答する。

ベアトリスは混乱していた。いったい、何が起こったのか。分かるのは、カーティスの様子がおかしかったことと、ルーカスがカーティスの手によって封印され、兄が下剋上を行ったということだ。

「お義父様は、なぜ、ルーカス様を封印したの？」

いくら考えても、分からなかった。

カーティスの言葉から、どうやらルーカスを邪魔に思っていたらしい、ということだけわかった。

これは、公爵という地位に就いている男が抱くべき感情ではない。むしろ、喜ばしいことではないか。

なぜ、と思った。

けれど同時に、気づきたくない、と思っていた。

様子がおかしかった義父から感じた、妙な悍《おぞ》ましさ。あれは、自分にとって良くないモノだと本能が告げていた。

優しい義父だ。

自分に甘くて、愛情を注いでくれている義父だったはずなのだ。

なのに、なぜ義父を良くないモノと思ったのか。

気づきたくなかった。

だから、ベアトリスは、クライヴが部屋を訪ねてきたことで思考が中断されたことに、ほんの少しの安堵を感じたのだった。


「ベアトリス。改めて、久しぶりだな」

「お兄様」

入ってきたクライヴは、随分と疲れているようだった。

そんな彼に話したいことがあると告げられ、ベアトリスは戸惑《とまど》いながら席を勧め、侍女にお茶を持ってくるよう指示した。

侍女が淹《い》れたお茶を飲み、一息ついてから、クライヴは口を開いた。

「今回のこと、驚いただろう？」

切り出されたそれに、ベアトリスは不安に瞳を揺らす。

「お兄様。いったい、今回の件はなんだったのですか？　ルーカス様はご無事なのでしょうか？」

それに、クライヴは当然の疑問だと頷いた。

「そのことについて、説明に来たんだ」

そうして始まった説明は、ベアトリスにとっては驚きの事実の連続だった。

まず、ベアトリスの義父であるカーティス・バクスウェル公爵のこと。

なんと彼は、ベアトリス達の母に惚れていたそうだ。

「義父上――否、叔父上のその気持ちを母上付きの侍女が気づいて父上に相談したそうだ。そして、調べた結果、尋常ならざる執着を母上に抱いていると分かった。そのため、叔父上はお祖父様の手によって国外の仕事に回された」

だからこそ、国に蔓延《まんえん》した病から逃れられたのだ。

「最初、私もそれを知らなかったし、母上も亡くなってしまわれたのでそこで話は終わっていたんだ」

執着する先がなくなったのなら、普通はそうだろう。しかし、祖父も父も死に、カーティスに公爵の座が回ってきて、そこで彼は見つけてしまった。

「ベアトリス。お前は、母上によく似ている。それこそ、生き写しと言っていいほどに」

「……！」

ベアトリスの肌が粟立《あわだ》つ。嫌な予感がした。

「お前が幼い頃はよかった。その頃は、あの人も庇護欲しか抱いていなかっただろう」

しかし、いつしかそこに色が混ざりはじめた。

「……あの人は、ご病気だ」

母に抱いた欲を、実の姪《めい》にぶつけることを選んだのだから。

クライヴからもたらされた真実は、残酷だった。

しかし、次に出た言葉でベアトリスの遠くなりかけた意識は引き戻される。

「叔父上のそれを私に教えてくださったのは、アルフォンス様だったんだ」

「えっ」

まさかの人物の名が出て、ベアトリスは驚いた。

「ベアトリスを見る公爵の目が尋常ではない。気をつけたほうがいいと言われてね」

まさかとは思ったが、少し調べてみたら母のことがわかり、更には古参の使用人の一部からベアトリスを心配する声が上がったのだという。

「今だから言うが、アルフォンス様との婚約は、ベアトリスの身を守るためでもあったんだ」

愕然とするベアトリスに、クライヴは苦く微笑む。

「アルフォンス様とお前の婚約は、いずれ解消される予定だった。……お前が、あまりにも頑なだったからね」

そうして、クライヴはアルフォンスの事情を話しはじめた。国王との暗闘は、ゲームにはない設定だ。ベアトリスは夢にも思わなかった裏事情に、血の気が引いていく思いだった。

ベアトリスはゲーム通りの悪役令嬢になりたくなかった。だから、ゲームの中で狂愛していたアルフォンスとは距離をおき、悪役令嬢《ベアトリス》によって酷い目に遭ったキャラクターを救済してきた。

しかし、ベアトリスがゲームの通りにアルフォンスを愛さず、それどころかゲーム通りに断罪されることを恐れて倦厭《けんえん》したためにアルフォンスは多大な苦労を強いられ、命の危機にまで陥っていた。

そして、何よりあの断罪劇。あれはベアトリスの動きを察知し、利用した茶番だというではないか。

「アルフォンス様はとうとう王太子の座を降りた。あの方は、もう限界だった」

クライヴはアルフォンスの強固な後ろ盾になるため、そして、妹を叔父から守るために暗躍していた。しかし、それは間に合わなかった。

「アルフォンス様はお前を心配していたよ。自分がお前の婚約者の座から降りれば、叔父上が動き出すだろう、と」

だから事前にルーカスに接触し、忠告をしていた。そして、カーティスに感づかれないためと、ベアトリスの心を慮《おもんぱか》って、そのことはベアトリスに伏せられた。

思い返すと、クライヴはベアトリスとアルフォンスの仲をどうにか取り持とうとしていた。

アルフォンスの身に何が起きているかを告げなかったのは、ベアトリスが幼かったからだろう。何も知らないベアトリスは、深く考えずにアルフォンスを倦厭《けんえん》してしまった。

しかし、よくよく思い出すと、アルフォンスは王子にあるまじき不自然な怪我をよくしていなかっただろうか？

もし、その不自然な怪我をしたのが他の人間であれば、ベアトリスは一歩踏み込んで尋ねただろう。どうしたのか、と。

けれど、アルフォンスだったから――『悪役令嬢《ベアトリス》を断罪する第一王子』だったから、彼から目を逸らし、目の前の『アルフォンス・ルビアス』をよく見ようとせず、気遣うこともしなかった。ただただ、彼を避けていた。

(アルフォンス様は、どう思っていたのかしら)

『悪役令嬢《ベアトリス》』のせいで不幸になったコーネリアスとジオルド。『悪役令嬢』にはなるまいと彼らに救いの手を伸ばして、すぐ隣に立っていたアルフォンスの顔は見ないふり。

(そういえば、小さい頃は何か言いたげにしていた)

けれど、ベアトリスはそれが自身にとって不都合なことだと思った。だから話題を変えて、それを言わせなかった。そして、いつしか彼はベアトリスに何も求めなくなった。

(何を言おうとしていたのかしら……)

今更、そんなことを思う。

すべては終わってしまい、アルフォンスは舞台から降りてしまったのに。

情の通わない婚約者。

ベアトリスは、自分がアルフォンスにとって情をかけるべき価値のある人間ではないと自覚した。

しかし、そんな自分をアルフォンスは気にかけてくれていた。

「まさか、あの人が大精霊を封じられるような魔道具を手に入れるとは思わなかった。どうにか間に合ってよかったよ。ルーカス様が封じられた魔道具は、我が家の魔道士でも封印を解除できる代物だ。すぐに元気なお姿が見られるだろう。安心しなさい」

そう言って、疲れたように微笑んだクライヴにベアトリスはなんと返していいか分からなかった。

＊＊＊

厳かな空気の中、神官の声が大聖堂に響く。

葬儀は粛々《しゅくしゅく》と進められ、国王への最後の別れのために、白い薔薇《ばら》の花を棺《ひつぎ》へ納める。

棺《ひつぎ》の中の国王の顔には、あの日見た、異様な数の人の名前はなかった。化粧が厚く塗られていたため、それで隠しているのだと察する。

ここ数日で、本当に色々なことがあった。

その後、カーティスは別宅に監禁された。そして、彼の仕出かしがベアトリスの耳に届けられた。

コーネリアスがアリスに呪詛を送ったのは、カーティスのせいだったそうだ。

カーティスがベアトリスを餌にしてコーネリアスをそそのかし、彼はまんまとそれに騙された。

そして、コーネリアスはジオルドを自滅させるために彼を騙し、煽ってコニア男爵領で暴れさせた。

恋のライバルを蹴落とすために……

結局、二人はカーティスの思惑通りにベアトリスの周りから排除された。デュアー伯爵家はどうにか子爵位に降爵という罰でまとまり、ジオルドは家から身一つでの放逐の処分が下された。そして、コーネリアスは自我を失ったまま、明日をも知れぬ身となった。

二人が、ベアトリスの有力な婚約者候補だったばかりに……

（救済したはずなのに、二人ともいなくなってしまった。……私が、原因で）

そして、倦厭《けんえん》していたアルフォンスに、ベアトリスは守られていた。

恥じ入る思いだった。

アルフォンスは、ゲーム上では最も攻略難易度が低く、ファンの間では『チョロ王子』などと揶《や》揄《ゆ》されるキャラクターだった。

ベアトリスは、無意識のうちに彼を侮っていたのだ。

（チョロ王子？　厳しい王太子教育をされているのに、そんなの現実にはありえない。私は、何を見ていたのかしら……）

自分の視野の狭さを、ベアトリスは自覚せざるを得なかった。

前世の記憶のおかげで、ゲームの中のような『悪役令嬢』にはならなかった。ただの心優しい、普通の令嬢であれた。しかし、前世の一般市民の常識を引き継いだせいで、高位貴族の令嬢としての自覚に欠け、甘すぎた。そして何より、ゲーム知識に囚われすぎていた。

ベアトリスの頭は、色んなことがありすぎて、未だに整理しきれない。

ただ、胸に落ちる重い感情は、いつか後悔という形を取るのだろう。

＊＊＊

国王の葬儀のためにデニスが慌ただしく家を出てから約一か月。ようやく家に帰ってきた時、彼は一人ではなかった。

「アルフォンス様！」

「バートラム⁉　なぜここに⁉」

アルフォンスの元側近、バートラム・シュラプネル侯爵令息が一緒だったのだ。

驚くアルフォンスにバートラムが駆け寄り、その光景を見てデニスが「よかったねぇ」と感動して涙ぐむ。アリスはそれを遠巻きに見守りながら、そっと父親に近づいた。

「お父様、お帰りなさい。随分とお帰りが遅かったですけど……。それで、なぜバートラム様がこちらに？」

「ただいま、アリス。いやぁ、それがね、色々とあって大変だったんだよ」

このファンタジー世界では、ポータブルという魔導転移装置が存在する。ポータブルが設置されているのはほぼ大都市であり、コニア男爵領にはもちろん設置されていない。

そのポータブルだが、使用できるのはごく限られた人間であり、デニスのような木っ端貴族などでは国王の葬儀に参列するということでもなければ、使用できない。

今回はその限られた機会であったため、さる侯爵領のポータブルを使用して王都へ飛び、帰りは馬車で帰ってきたのだ。

しかしながら、帰還に一か月は時間がかかりすぎだ。コニア男爵領であれば、一週間もあれば余裕で帰れる。バートラムがここにいるからには色々とあったのは予想できるが、それにしても一か月とは、どれだけのことがあったのだろうか？

何はともあれここでは落ち着かないと、アリス達は応接室に移動し、そこで王都で何があったのかを聞いた。

「何から話すべきか……」

旅装を解き、淹《い》れられたお茶で一服した後、デニスは首をひねりつつ話し出した。

デニスは王都に着くと、まずホテルで宿泊手続きをし、翌日の葬儀に参列した。その時、王都の友人と会い、バクスウェル公爵家が急に代替わりしたことを知った。

「前公爵は前々から患っていらして、陛下が亡くなったことで衝撃を受け、病が悪化したということだけど、本当はご子息のクライヴ殿に下剋上されたのだと噂《うわさ》になっている」

その言葉にアルフォンスがバートラムを見たが、バートラムは困ったように微笑むだけで何も言わなかった。

「まあ、葬儀は問題なく終わって、私はすぐに帰るつもりだったんだが、こちらのバートラム殿のご実家である、シュラプネル侯爵家に招かれてね」

今度はアリスがバートラムを見るが、やはり彼は微笑みを浮かべるだけで何も言わなかった。

「それで、そこからが大変だったんだよ」

なぜか、デニスに会いたいと人が押し寄せたのだという。

「皆さん、アルフォンス殿のことを聞きたがってね。もしシュラプネル侯爵家に招かれてなかったら、あれを一人で対応しなければならなくなっていたよ」

シュラプネル侯爵家の客人ということで、そういう人間の防波堤になってくれたのだという。

「あれはアルフォンス殿を担ぎ出しての権力狙いだと思うんだ。今更だけど、アルフォンス殿は権力の中枢へ返り咲きたいかい？」

デニスの問いに、アリスの肩がはねる。アルフォンスは優秀な男だ。彼がそれを望めば、できなくはないように思えた。

しかし、アルフォンスは穏やかに微笑んで首を横に振る。

「いいえ。できれば、このままコニア男爵領にいたいです」

その答えにアリスは小さく安堵の息を吐いた。アリスはずっとアルフォンスが好きだったから、結婚できたのは本望だ。しかし、アルフォンスを虐げ、邪魔をしていた王が死んでから、彼がこれからどうしたいのかを聞いていなかった。

「まあ、そうだと思ったから適当に話を逸らしてはぐらかしたんだけどね」

「すごかったんですよ。アルフォンス様を担ぎだそうとする不届き者の話を攪乱《かくらん》し、話題がいつの間にか畑仕事がいかに素晴らしいかに変わっているんです」

そして畑仕事の話から話題が戻らず、彼らはすごすごと帰って行ったのだという。

どうやら厄介な客人をすべてそうやってかわしたらしい。デニスはバートラムの尊敬の視線を受けて照れくさそうに頭をかいた。

しかし、娘のアリスは察した。

(嫌われてもいい、どうでもいい相手だから、自分の好きなことを熱く語っただけね)

デニスは普段は小心者なのだが、こういうところで妙に大胆だ。そして、なぜか外さない。相手を怒らせず、上手に煙に巻くのだ。

しかしそうこうしているうちに時が過ぎ、気づけば一か月近くも経っていた。

「長々とお世話になってしまって、本当に申し訳なかったよ」

「いいえ、とんでもありません。それに、シリル様の側近を辞めて燻《くすぶ》っていた私をこうしてコニア男爵家に迎え入れていただき、感謝しています」

「えっ」

驚くアリスの隣で、アルフォンスが苦笑する。それはまるで、仕方のない奴だな、とでも言わんばかりの表情だった。

燻《くすぶ》っていたなど、絶対嘘だ。デニスの良心をつついて計画的にここへやってきたに違いない。アリスの想像通り、バートラムはすべて計算の上で動いていた。デニスが王都に来たのをこれ幸いと自宅に招き、さも親切ぶって招かれざる客の整理をしてみせた。そして、その一か月で恩ができたうえに、懐柔されたデニスは、バートラムがコニア男爵領で働きたいのだという望みを快く受け入れたのだ。

(これは多分、丸め込まれたんだろうな)

しかし、木っ端貴族のコニア男爵家には特に損のない話だ。バートラムはアルフォンスの腹心だし、アルフォンスも彼が傍にいれば心強いだろう。

「お父様、王都では他に何かありませんでしたか?」

その質問を受け、デニスは少し気まずそうな顔をした。明らかに何かあった顔である。

「実は……」

ベアトリス・バクスウェル公爵令嬢が、グレイソン・シーズ辺境伯と婚約したそうだ。

その報せに、アリスは思わずアルフォンスを見た。

アルフォンスの様子は特に変わったところはなく、落ち着いて「そうですか」と微笑んでいた。

「シーズ辺境伯は後を継ぐはずだった兄君と、先代が相次いで亡くなって大変苦労されている方です。シーズ領は隣国との睨《にら》み合いが強い地だ。そこに大精霊の契約者が嫁入りしてくれるのであれば、とても心強いことでしょう」

もしや、これは最初からそう計画されていたのではないか。アルフォンスの言葉から、そう推測できた。

元々、ベアトリスとアルフォンスは信頼関係を築けていなかった。アルフォンスが王になるなら、そんな人間を隣に置いてはおけないだろう。だから、もしかするとアルフォンスが卒業式のパーティーであんな行動を起こさずとも、いずれ婚約を解消し、ベアトリスをシーズ辺境伯に嫁入りさせることが水面下で決まっていたのかもしれない。

アリスのそんな考えを見抜いたのか、アルフォンスはまるで正解だとでもいうかのように、アリスに向けて笑みを深めた。

＊＊＊

王太子の執務室に、カリカリとペンが走る音がする。

側近の青年がチラリと視線を送る先には、王太子のシリルがいた。先日、ベアトリスがシーズ辺境伯と婚約を結んだことを受けて、彼は沈み込んでいた。

（気まずいな……）

最近側近を辞したバートラムの言うとおり、ベアトリスとシリルは婚約を結ぶことはなかった。そして、難しい地であった辺境への輿入《こしい》れは国としては歓迎すべきことだった。

側近達は反対していた国王が亡くなったので、不謹慎な考えではあるが、喪が明ければシリルが婚約を申し込み、そこで二人は結ばれるだろうと思っていた。しかし、そうはならなかった。

バクスウェル公爵となったベアトリスの兄であるクライヴが、早々にベアトリスと辺境伯との婚約を整えてしまったのだ。しかも、この時期に婚約を急いだ理由が、国王崩御による混乱から隣国の手出しを警戒するため、というものだから誰も文句がつけられない。

（どうしたものか……）

どうすればベアトリスとの婚約を了承してもらえるか、シリルと側近達は一丸となって考えていたため、この状況はなかなかにいたたまれない。

執務室では、そうした、どこか落ち着かない空気が漂《ただよ》っていた。しかし、それをものともしない者がいた。

「実にシケた空気ですね。殿下、手が止まっています。貴方の仕事の停滞は国事の停滞。民の生活に影響が出ます。手を動かせこのグズ」

明らかな不敬罪をかますのは、トラヴィス・シュラプネル侯爵令息。バートラムの弟である。冷ややかを通り越して、バックに極寒のブリザードを背負う彼は、王太子に不敬罪をかましても見て見ぬふりをされるほど有能な青年だ。

国王が斃《たお》れてから国は混乱した。国王のこなしていた仕事は分担して請け負うことになったが、当然その仕事はシリルにも多く回され、シリルは父の死を嘆く暇もなく仕事に溺れることとなった。

そんな時に側近を辞めたバートラムの代わりに入ってきたのが、トラヴィスだった。

人手が増えたのは嬉しいが、このクソ忙しい時に新人教育なんて、と側近達は思った。しかし、トラヴィスは優秀だった。それこそ、優秀とされる側近達の何倍もの早さで仕事を片づけ、他の者の仕事まで手伝い、いつの間にか効率化のために彼が仕事を分配し、気づけば定時に帰宅できるようになっていた。

皆、それはもう感謝した。ベッドで毎日六時間以上ぐっすり眠れるなんて、なんて幸せなことなのだろうと涙を流すほど。

そうしたことから、トラヴィスはいつの間にか側近達のトップとなり、シリルの片腕にまでなっていた。

シリルはトラヴィスの有能さを気に入っており、彼を頼っていたが、同時に彼を恐れていた。なぜなら、彼はとにかく容赦がないからだ。

元々愛想がいいほうでないトラヴィスだったが、彼から容赦が消えたのは、ベアトリスの婚約を知り、シリルがやけ酒をして——翌朝、隣に裸の女性が寝ているのを目撃してからだ。いつまでも起きてこないシリルを叩き起こしに来て遭遇した悲劇だった。

シリルは、ものの見事にハニートラップに引っかかったのだ。

彼が閨《ねや》に引き込んだ女性は、侍女だった。侍女が権力目当ての強《したた》かな女であったために一騒動あったが、一線を越える前にシリルが寝落ちて役立たずになったことで、子供の心配はしなくてすんだ。

しかし、その日からはもう、トラヴィスは容赦がない。曰《いわ》く、このクソ忙しい時期にクソッタレな厄介ごと持ってきやがって、とのことだ。

これに関して、シリルは小さくなるしかなかった。

王家は亡くなった国王の疑惑だらけの不穏な死に様から、色々とまずい立場に立たされている。王家の威信を取り戻すための舵取りは、困難を極めると言っていい。

トラヴィスは、そんな王家のためにも動いてくれていたのだ。なのに、シリルのこの失態である。この時期にあまりにも軽率な行動であり、母の王妃からも呆れられた。

そんなこともあり、有能なトラヴィスの不敬は身内しかいない場であれば見て見ぬふりをされるようになった。

「貴方に失恋を嘆く資格があると思うな、この不埒者」

「ハイ……」

酒の失敗で、すべてを失うことはよく聞く話だ。

すべてを失いはしなかったが、大事なものを失ったシリルは、初恋の女性には絶対に知られたくない失態に頭を抱えながら、今日も書類の山に埋もれている。

＊＊＊

夕焼けが、屋敷の素朴な庭を照らす。

コニア男爵邸の庭は、自然の景色と調和するようなイングリッシュガーデンだ。一部がデニスの趣味の畑となっているが、田舎なだけあって土地だけはあるので、一部が畑となろうともコニア男爵邸の庭は広い。

デニスの話の後、それぞれ自身の用事を済ますために解散した。

アリスはアルフォンスに散歩に誘われ、庭に出てきていた。背の高いタチアオイが風にゆらゆらと揺れ、アリス達を見下ろしている。

「ベアトリス様は嫌がらなかったのでしょうか？」

アリスは隣を歩くアルフォンスに、呟くように尋ねた。

「シーズ辺境伯との婚約のことかい？」

「はい」

アリスはアルフォンスに恋をして、その婚約者であるベアトリスのこともよく見ていた。そのため、アリスはベアトリスがシリルに恋愛的な好意を持っていることを感じ取っていた。そして、それはシリルのほうもだ。あの二人は、両思いだったはずだ。

不安を滲《にじ》ませるアリスに、アルフォンスは告げる。

「まあ、普通の状態なら嫌がっただろうね」

「普通の状態……？」

アルフォンスの言葉には、不穏な気配が見え隠れしていた。

「そもそも、私とベアトリス嬢の婚約は、卒業式のパーティーで私がふっかけなくとも、いずれは解消される予定だったんだ」

改めて言葉にされ、やはりな、と思いながら相槌《あいづち》を打つ。そんなアリスの隣で、アルフォンスは揺れるタチアオイを眺めながら言う。

「ベアトリス嬢は優しく、優秀な女性だ。けれど、それだけだった。彼女には王と共に国を背負って立つ強固な芯がない。高位貴族としての責任感も、そう教育されてきたというのに、奇妙なほどに薄い」

それは、彼女が前世の記憶を有し、その常識を引きずって生きてきてしまったからだろう。彼女の前世は、きっとただの一般人だ。彼女は自身が立つステージに見合う視線の高さを得られなかったのだ。

「それが、王妃の座につけられないと判断した一因だ。シーズ辺境伯との婚約話は彼女が大精霊と契約した時点で、クライヴ――現バクスウェル公爵に話が出ていた」

コーネリアスとジオルドが転落していなければ、どちらかと婚約していた可能性もあった。しかし、二人は転落し、結局ベアトリスはシーズ辺境伯との婚約が決まった。

ベアトリスが王妃として不適格と判断されたのは、結構前のことだったそうだ。それでもアルフォンスとの婚約が解消されなかったのは、彼の後ろ盾のこともあるが、ベアトリスの身の安全のためでもあった。

「前公爵のカーティス・バクスウェルには問題があってね。ベアトリス嬢に並々ならぬ執着心を抱いていた。私の婚約者であることで、彼女の身は前公爵から守られていたんだ」

未来の王太子妃という立場に、さすがの前公爵もなけなしの理性が働いていたらしい。それがなければ、ベアトリスの貞操は早々に危ないものとなっていた。

「たちが悪いことに、国王と前公爵は利害が一致してしまった。国王が私を王家から排除できれば、ベアトリス嬢はフリーになる。王家が相手でなければ、前公爵はベアトリス嬢など、どうとでもできる。だから、前公爵は私への支援は最低限にし、私が排除される日を待っていた」

そして、その日はやってきた。しかし、彼の望みを知っていれば、それを阻止するように動くのは当然のことだ。

「シーズ辺境伯との婚約が無事に結ばれたということは、彼女も私の裏事情を知ったのだろう。今回の婚約に関する人選は私の推薦だ。罪悪感から断ることは難しいだろうね」

穏やかな声音ながら、その目は為政者独特の冷たさをたたえていた。

「なに、シーズ辺境伯は頼りになる御仁だし、義理堅く誠実だ。ベアトリス嬢もちゃんと大切にしてもらえる。二人の関係は時間が解決してくれるさ」

そう言って、アルフォンスの口元は柔らかな弧を描く。

そんなアルフォンスの横顔を見つめ、アリスは思う。

（未練とか、まったくなさそう）

ベアトリスは美しい令嬢だった。

心根も優しく、評判のいい女性で、彼女のファンは男女ともに多い。

（好意とか持っていても、抱き続けるのは難しかったんだろうな）

彼女は婚約者としてあまりにも頼りなく、最低限の義務しか果たさなかった。

多くの者に優しさをばらまきながら、隣に立つアルフォンスからは目を逸らし、耳を塞いで彼を知ろうとしなかった。アルフォンスは当然傷ついたし、怒りも抱いただろう。

（なんだか、ベアトリス様に対して持っている情は薄そう。……でも、優しいよね）

話を聞く限り、シーズ辺境伯はおかしな男ではない。治める土地は難しいかもしれないが、アルフォンスに太鼓判を押される彼の人柄は良さそうだ。優良物件といってもいい。

そして、ベアトリスを彼の妻として送り込むのは国家を運営していく王族として理にかなっており、彼女自身のこともきちんと配慮されている。

（憎んで、陥れることもできただろうに、そうしなかったもの）

「……アルフォンス様のしたいことは、すべて終わりましたか？」

その問いに、アルフォンスはタチアオイからアリスへと視線を移し、穏やかに微笑んだ。

エピローグ

夏の盛りを過ぎ、季節は秋に向かう。

残暑が厳しく、生い茂る木々の葉は青いが、そろそろ自分達の季節だとシュウメイギクの蕾《つぼみ》が開く。

権力の中枢である王都では混乱が続いているらしいが、ド田舎のコニア男爵領にはあまり影響がない。

「スチュアートさん！　旦那様がいらっしゃいません！」

「おのれ、逃げたか！　今回は裏の畑にいない可能性が高い。今の時期なら領民のカイトのところでしょうね。カイトの畑に行ってください！」

「了解しました！」

――多分、影響はない。

家令見習いとなったバートラムはすっかりコニア家の家風に染まり、クリントの指導の下、デニス捕獲の腕前がメキメキと上がっている。

呆れた顔をするアリスの隣で、アルフォンスがそんな二人の様子に苦笑しつつも、その後ろ姿をどこか楽しげに見送る。

「皆、元気ねぇ」

そんな二人の傍で、ローズが精霊らしく宙に浮きながら笑う。

ローズとバートラムの初対面時だが、さすがは高位貴族の令息。彼は姫君に対するかのような丁重さで見事に乗り切った。今ではその存在にもなれ、適度な緊張感を持ってローズに接している。

「アルフォンス様、今日は何が食べたいですか？」

アリスのダンジョン通いは、今では週に二日程度になった。ダンジョンで時間停止のマジックバッグがドロップし、そこに食料品を貯蔵しておけるようになったからだ。

「うーん……、鶏肉かな？」

「じゃあ、コカトリスを狩ってきます！」

コカトリスは上から数えたほうが早いランクの凶暴な魔物だ。少なくとも、気軽に狩ってくるとは言えない力を持っている。

アリスは学園にいた頃と比べて、明らかに逞《たくま》しく成長していた。いつかアルフォンスをお姫様抱っこする日が来そうな勢いだ。乙女ゲームの可愛らしい『ヒロイン』像は木っ端微塵である。

「ふふ、楽しみにしているよ」

しかし、それでもアリスの素敵な王子様は目の前で優しく微笑んでくれる。

物語はエンディングを迎え、役者達は舞台から降りていった。しかし、人生はこれからが本番なのだ。長い時を、目の前の愛しい人と過ごしていくことになる。

アリスは不意に、何か悪戯《いたずら》を思いついた子供のような顔をして、その顔に手を添えて、少し屈むように頼む。

不思議そうな顔をしながら身を屈めたアルフォンスに、アリスは踵《かかと》を浮かして伸び上がり——そ

の額にキスをした。

「それでは、行ってきます」

悪戯《いたずら》っぽく笑って、軽やかに身を翻す。

アリスとアルフォンスは結婚したけれど、未だに色っぽい関係ではない。彼は素敵な男性だ。結婚したからと油断していたら、誰かに取られてしまうだろう。

アルフォンスは最近、学園では見たことがない、リラックスした顔を見せるようになった。その柔らかい空気は、良く言えば話しかけやすく、悪く言えば目敏い泥棒猫が近寄りやすいものだ。

アリスはその辺の女に負けるつもりはないが、押して、押して、押し倒すくらいの気概を持って彼を捕まえておくべきだろう。愛と情熱の大精霊だって、アリスにその意気や良しと頷いてくれるに違いない。

唇が触れた額を押さえ、思わず顔を赤くするアルフォンスを尻目に、アリスは晴れやかに笑って走り出す。

アリスは決めているのだ。

アルフォンスの手を離さず、絶対に、自分の手で幸せにするのだと！

愛と情熱の収穫祭編

プロローグ

それは、時を遡《さかのぼ》り六月のこと。

緑の葉が眩しい美しい季節。

命の盛りを迎える前の過ごしやすい時期に、とある商会——ロッツ商会の商会長は、自分の娘に深く頭を下げていた。

「すまない、エミリア……」

「いいえ、お父様。商会を守るためですもの。デクスター商会なんて大商会から圧力をかけられたら、うちなんて簡単に消し飛んでしまいます。だから、お父様の判断は間違っていませんわ」

デクスター商会はルビアス王国の王都で五本の指に入るほどの大商会。小規模商会に毛が生えた程度の中規模商会では太刀打ちできない。

「しかし、まさか、あのとんでもないドラ息子を押し付けられるとは……」

「ええ、本当に……」

二人の顔に、暗い影が落ちる。

このロッツ親子に降りかかった災難は、デクスター商会の三男坊を婿入りさせろという無理難題だった。

　この三男坊がまともな男であれば、大商会との繋がりができたと大いに歓迎するところだ。しかし、現実はそうではない。この三男坊は、とんでもないドラ息子と評判の問題児だったのだ。

「お父様、私達だけのことだったら、まだどうにかできます。しかし、うちとコニア男爵家の関係を嗅ぎつけられたらコトですわ」

「ああ、そうだね。それだけは、なんとしてでも隠し通さないと」

　ロッツ親子は、コニア男爵家と親交があった。親同士が友人であり、子供達はその縁から幼馴染みだ。

　最近、コニア男爵の一人娘であるアリスが大精霊と契約したという噂《うわさ》を聞いた。そのアリスと親交があると知られたら、ドラ息子がそれを足がかりにして、コニア男爵家に迷惑をかけることは想像に容易《たやす》い。

　ロッツ親子は頷き合い、口を固く閉ざすことを誓った。

　しかし、秘密というものは、どれだけ隠そうともどこからか漏れるものだ。

　それは、今回のことも例外ではない。

　いつしかアリスとの関係が漏れ、ドラ息子は動き出した。

　エミリアはそれを苦い顔をして追いかける。

　かくして、アリスのもとに、再び騒動の元が迫ろうとしていた。

第一章

日々は穏やかに、けれども駆けるようにして過ぎていく。

木の葉は赤く染まり、大地に落ちて己と同じ色に染める。

野山が夏の彩りを失い、秋が深まる頃、人々は大地の実りを収穫する時期を迎える。

倉庫にはまるまる太ったカボチャが積み上げられ。

そろそろ時期は終わりかと茄子《なす》の大きさに頷き。

肉厚な赤や黄色のパプリカに、食卓の彩りを想像する。

夏に入る前に収穫された麦が挽《ひ》かれ、それを嬉しそうに掬った男が思わずくしゃみして粉まみれになり、その粗忽者《そこつもの》の白くなった顔を人々が笑う。

そうして日々は流れ――収穫祭の日がやってくる。


コニア男爵領の村人達は、今年も無事に糧を得られたことを喜びながら、秋の収穫祭の準備に精を出していた。

この村の収穫祭は、男爵家が開いている。その始まりは昔から村人と距離が近かったコニア男爵家が、身分関係なく一緒にこの村で採れた美味いものを食べようと村人を集めて開いたものだ。今でもその意思が引き継がれており、この村での収穫祭は、皆で美味いものを食べる祭りだ。

だから、人々は美味いものを食べようと、カボチャや芋、茄子《なす》にキノコ、パプリカ、ズッキーニなど、当日に食べるための様々な野菜を誰がどれを持ち寄るかと、明るい声で話し合う。

今年は男爵家の令嬢であるアリスお嬢様が肉を提供してくれるとのことで、収穫祭のご馳走《ちそう》がランクアップする予定だ。子供達は期待に満ちた目で肉を使った料理の名前を次々に挙げ、それを聞いて大人達が今から腹が減ってくると笑う。

明るい空気の中、人々は収穫祭を楽しみにしていた。

＊＊＊

その日、アリスはそわそわしていた。

一週間後に迫る収穫祭が楽しみで仕方ないといった様子だ。

「お嬢様はなんだか随分と落ち着かない様子でいらっしゃいますが、コニア男爵領の収穫祭はそんなに盛大なものなのですか？」

家令のクリントに尋ねたのは、家令見習いのバートラムだ。

バートラムはシュラプネル侯爵家の嫡男で、次期宰相候補だった。しかし、そのすべてを捨てて、夏の終わり頃に己の主と定めたアルフォンスを追ってコニア男爵家にやってきた。そうして収まった先は、家令見習いだった。

さして時間が経っていないにもかかわらず、すっかりコニア男爵家に馴染んでおり、スーパー家令のクリントの後継ぎとして相応《ふさわ》しい青年だと認められつつある。

バートラムの質問に、クリントは首を横に振りつつも、笑って答えた。

「ああ、いいえ。そこまで盛大なものではありませんよ。村の規模に合う程度のものです。しかし、ここの収穫祭は若者達にとってはちょっとした恋のイベントになっているのですよ」

なんでも、収穫祭のダンスは最初にカップルが踊るのがお約束で、そのダンスに誘われたことが切っかけでカップルが成立することもあるそうだ。

「お嬢様はいつもそれを羨ましそうに見ておられました。ですが、今年はアルフォンス様がいらっしゃいます。なので、収穫祭の日が楽しみなのでしょう」

そう言って、意味ありげにバートラムに視線をよこした。

なるほど。手を回しておけとの仰せだ。

バートラムは正確にその意図を受け取り、了承の意を込めてにっこりと微笑んだ。


「そういうことなので、収穫祭の日のダンスにお嬢様をお誘いください」

バートラムの言葉に、アルフォンスは笑って頷く。

「ああ、だからアリスは期待に満ちた目で私を見ていたのか。了解したよ。喜んで引き受けよう」

まんざらでもなさそうな様子のアルフォンスに、バートラムは彼が王太子の座を降りて、コニア男爵家に婿入りできて良かったと思った。

なぜなら、こんなに肩の力が抜けた笑顔をあの忌々《いまいま》しい王城では見たことがなかったからだ。

(いや、一度だけ、見たことがあったな)

それは、側妃が亡くなってから数年後の宴席でのこと。

その宴席に、旅芸人の一座が呼ばれた。

一座は第二王子に大層気に入られ、しばらくの間王城に滞在していた。

その間に、一座の座長は第二王子だけではなく、第一王子であるアルフォンスとも交流を持った。

(あの鷹《たか》の魔物の扱いは見事だった。座長のテイマーとしての腕は確かだったな)

座長はアルフォンスの難しい立場を知って、同情していた。

その同情は心からの心配から来ているもので、アルフォンスのプライドに障るものではなく、どこか心に温もりを感じさせるものだった。

彼からは、王に見つからないよう秘密裏にプレゼントを贈られた。それは、異国の花の種だった。

その花は王子宮の庭で可憐な赤い花を咲かせ、王子宮の者の目を楽しませた。

そして、その花でアルフォンスは窮地を乗り越えたことがある。

その赤い花はただの花ではなく、薬草でもあったのだ。

花は毎年大切に育てられ、アルフォンスの目を楽しませると同時に命を救い、王には最後までそれが薬草だと気づかせなかった。

座長は、アルフォンスに正しく役立つものをくれたのだ。

(あの一座は今、どうしているだろうか?)

このコニア男爵領にも、旅芸人の一座がやってくるという。あの一座のような人々だといい。

そんなことを考えながら、バートラムは今の穏やかな生活がいつまでも続くことを願った。

さて、しかしながら厄介事というものは、こちらの意図せぬところから飛び込んでくるものだ。

バートラムのささやかな願いは、不躾《ぶしつけ》な訪問者によって、たやすく破られることとなる。

＊＊＊

コニア男爵領の収穫祭には三年に一度、旅芸人の『金糸雀一座《カナリアいちざ》』がやってくる。

この一座はそれなりに名の通った者達であり、普通であればコニア男爵領のようなド田舎の収穫祭にやってくるような一団ではない。それでも彼らがここに来るのは、昔、デニスから大恩を受けたためだという。その縁で、彼らは三年ごとに芸を披露すべくコニア男爵領へとやってくるのだ。

そして、今年もその『金糸雀一座』がコニア男爵領に向かっていた。

「まさか、盗賊団に絡まれるとは思わなかった」

「どうしよう、収穫祭に間に合うかな……？」

一座は男爵領に向かう途中、運悪く盗賊団に襲われた。

それは早々に撃退できたのだが、町の兵士に引き渡すのに時間を取られ、随分と予定に遅れが出てしまっていた。

そんな、どうにか収穫祭に間に合わせようと急ぐ一団から、山一つ分離れた前方。そこに、一台の馬車と、それを守る冒険者の姿があった。

「ふふふ、とうとう噂《うわさ》のお嬢様と会えるな」

馬車の中には、一組の男女が乗っていた。

男は、黒髪に青い瞳を持ち、女性が好みそうな整った顔立ちをしていた。

一見クールそうな色気のある男なのだが、浮かべる表情に内面の軽薄さが滲《にじ》み出ており、分かる者にはこの男が碌《ろく》でもない性根を持つ者だと察せられるだろう。

そんな馬車の中で上機嫌に笑う男を、その前に座る少女――エミリア・ロッツは汚らわしいものを見るかのような目で見ていた。

＊＊＊

時は刻々と過ぎていき、収穫祭の日が三日後に迫ったその日。

アリスはご機嫌だった。なぜなら、アルフォンスから収穫祭の日に一緒に過ごさないかと誘われたからだ。

アリスはマイラと共に倉庫で、鼻歌を歌いながらダンジョンでゲットしたアイテムの整理をしていた。

倉庫は物でいっぱいで、そろそろ本格的に売りに出すか、古いものを処分しないといけないだろう。そんなことを考えつつ、ふと脳裏をよぎったことを口に出す。

「そういえば、今年は『金糸雀一座』が来る年よね。もう三年経ったなんて、時が過ぎるのは早いわ」

「そうですね。特に今年は色々とありすぎて早く感じました」

含みを持たせたマイラの言葉に、アリスはさっと視線を逸らした。

自覚があるようでようございました、とマイラは一つ頷く。

婚約破棄騒動の中心人物の一人になったり、元王太子と結婚できたり、大精霊と契約したりと色々やらかしているアリスは、話題を逸らすべく収穫祭のことを話す。

「今回も『金糸雀一座』は来てくれるかしら？　以前、新しい演目を考えている、って座長さんが言っていたのよ」

「特に何かあったとは聞いていませんので、大丈夫ではないでしょうか？」

「もし来るなら、多分あの子も――」

そこまで言った、その時だった。

「アリスー！　来ましたわよー！　エミリア様が来てやりましたわよー！」

外から聞こえた元気があり余るエセお嬢様丸出しの声に、アリスとマイラは顔を見合わせ、やっぱり来たか、と笑った。

アリスは急いで倉庫を出て、破顔して玄関の前に立つ人物に言い放つ。

「エミリア！　仮にも貴族に向かってその挨拶《あいさつ》はないわよ！」

「今更ですわ！」

そこにいたのは、栗色の巻き毛をハーフアップにした青い瞳の少女、エミリア・ロッツだった。

彼女は隣領の町にある中規模商会の一人娘だ。彼女の父親がロッツ商会の入り婿で、デニスの学園時代の友人であるため、その縁で幼馴染みといえる関係を築いていた。

エミリアは『金糸雀一座』のファンで、一座が来る年の収穫祭には必ず遊びに来るのだ。

二人は親愛のハグを交わし、笑い合う。

「なんだか訳の分からない噂《うわさ》が流れていますわよ！　大恋愛の末に王太子殿下がその地位を捨ててまで結婚したのに、筋骨隆々《きんこつりゅうりゅう》の戦乙女がやってきて、殿下を賭けての決闘の末に負け、奪われてしまったって！」

「何がどうしてそうなった？」

なんとなく噂《うわさ》の原因になっただろう方は思い当たるのだが、どうしてそんなカッ飛んだ噂《うわさ》になっているのかが分からない。

「ンまぁぁぁ！　そんなことがあったの、アリスちゃん！　いつそんな激動のロマンスが!?」

そんなアリスの背後からぬっと顔を出し、きゃあきゃあ騒ぐのはローズだ。

突然のゴリマッチョオネェの登場に、エミリアが目を剥いて固まる。

「あっ、ローズ様！　あの、紹介いたしますね。こちら、私の幼馴染みのエミリア・ロッツ。エミリア、こちらはローズ様。愛と情熱の大精霊様なのよ」

エミリアはそれにはっとした顔で姿勢を正し、改めて礼をとる。

「お初にお目にかかります。エミリア・ロッツと申します」

「あらん、可愛いコね。愛と情熱の大精霊のローズよ。よろしくね♡」

バチコーン！　と主張の激しいウィンクに仰け反りそうになるのをこらえ、エミリアは根性で顔に笑顔を貼り付ける。

「ねえ、アリス。もしかして、戦乙女って……」

こっそり尋ねられたそれに、アリスは何も言わず笑みだけを返した。

さて、そうやって自己紹介を終えると、屋敷の門の方から「おーい」と声が聞こえてきた。

そちらを見れば、クール系の整い方をしているイケメンが、隠しきれない軽薄さを滲《にじ》ませた笑みを浮かべて手を振っていた。

エミリアのように深い親交があるわけでもない男が、木っ端なれど貴族の家の前であの態度。いい度胸である。

不審者に眉をひそめるアリスの隣から「チッ」と舌打ちが聞こえた。

驚いて隣を見れば、そこには嫌悪に顔を歪《ゆが》めたエミリアがいた。

彼女はアリスの視線に気づき、すぐに申し訳なさそうな顔をして言う。

「ごめんなさい、アリス。厄介事を連れてきてしまいましたの」

アリスはそれに目を瞬かせ、首を傾げたのだった。

「初めまして、レディ。私はイーサン・デクスター。デクスター商会の者です」

気取った態度でそう名乗る男は、なんとエミリアの婚約者なのだという。しかし、彼女がイーサンに対してあからさまに嫌そうな顔をすることから、その婚約が不本意なものだというのが分かる。

「それに……おや？　さっきまで、ここにもう一人いなかったか？」

気づけば、ローズが姿を消していた。契約者として、なんとなく彼女の気配は感じるので、恐らく人間の目に見えないよう、精霊の力で姿を隠しているのだろう。

明らかにイーサンを避けている行動に、この男が碌《ろく》でもない人間である可能性を感じ取る。

「あら、イーサン様。今日はお疲れでしたから、見間違えたのではなくて？」

エミリアの声音は霜が降りるのではないかと思うほど冷ややかだが、イーサンは本気にしているのかいないのか、「妬くなよ、エミリア。お前の幼馴染みに挨拶《あいさつ》に来ただけじゃないか」と言って軽薄に笑ってかわすだけだ。

（これは嫌な男だわ）

そして、エミリアが好むタイプの男ではない。

（もしかして、政略結婚的なものかしら？）

しかし、エミリアの親はそれを彼女に強いるような人間ではない。

（何かあったのね）

視線をエミリアに移すと、彼女はこちらの視線に気づいて申し訳なさそうな顔をした。

「イーサン様。アリス様は収穫祭の準備があるので、忙しいのです。私も今日は挨拶《あいさつ》するだけのつもりでしたので、お暇しましょう」

「そうなのか？　けど、少しくらい話を――」

「これ以上は印象が悪くなりますわよ」

エミリアがぶった切るようにそう告げれば、彼は一瞬忌々《いまいま》しそうに顔を歪《ゆが》めたものの、それなら仕方ないと肩をすくめた。

「それでは、またお会いしましょう」

そう言って、彼は踵《きびす》を返し、エミリアは声に出さず「また後で」と口を動かしてそれにならった。

そして、彼女達の姿が見えなくなったところでローズが姿を現した。

「あのボクチャン、ロクデナシのニオイがするわね」

長年人間の愛と情熱を見守ってきたローズが断言し、アリスは厄介事が再びやってきたのだと確信したのだった。


エミリアの身に何が起きたのか分かったのは、彼女から手紙が届いてからだった。

どうやら事前に事情説明の手紙を書いていたらしく、日が傾きはじめた頃に宿屋の娘さんがアリスに届けてくれた。

アリスはローズと共に午後のお茶を飲むために東屋《あずまや》にいた時それを受け取り、ざっと手紙を読んで溜息を吐く。

「いつもなら家に泊まってもらって、パジャマパーティーをするんですけどね」

「そうなの？　残念ねぇ」

ローズの言葉に、アリスも同意して頷く。

いつもであれば、エミリアはコニア男爵家に泊まる。しかし、今回はイーサンという厄介者がついてきたため、エミリアは村にある宿に泊まることにしたそうだ。

エミリアの手紙には、やはりイーサンとの婚約はあちらから無理矢理押し付けられたものだと書いてあった。

イーサンはデクスター商会という王都でも五本指の中に入るほどの大きな商会の三男坊で、評判の悪い男なのだという。

せっかく親が良い婿入り先を探してきても、実家の権力と財力を鼻にかけてやりたい放題。仕事や女性関係でトラブルを起こし、すぐに婚約を解消されるそうだ。そして反省せずにそれを繰り返して、とうとう婿入り先がなくなった。

「結局、ロッツ商会が圧をかけられ、押し付けられたそうです」

そして、法の下に契約書が作成され、婚約が結ばれた。この婚約の形式は、貴族が主に使うものだ。

エミリアもイーサンも平民だ。平民で貴族のような婚約関係を結ぶことは珍しい。そして、この契約は、解消、もしくは破棄することは簡単ではない。

「ですが、あちらが決定的な問題を起こせば解消は可能なように条項に入れたそうです。なので、どうせすぐに問題を起こして婚約を解消できると思っていたそうなんですが、その前に私と幼馴染みであることが知られてしまったみたいで……」

どうやら、イーサンはアリスを狙っているらしい。アリスを自分の妻とし、良いように操るのが目的のようだ。

「アタシとの契約のせいね」

人間って、そういうコトを考えるコがいるわよね、と悩ましい顔をするローズに、アリスは申し訳なく思う。

「とりあえず、ダーリンくんとアリスちゃんのパパに相談しておいたほうがいいわ。あの手のタイプは本当に厄介だもの」

ローズの見立てでは、自己中心的で、自分に都合の良い思考回路をしているに違いないとのことだ。

「今の時間なら、ダーリンくんは手が空いているわよね」

せっかくだからダーリンくんを呼んでくるわ、と言ってローズは姿を消し、少ししてからアルフォンスを連れて東屋《あずまや》へ戻ってきた。

アリスは足を運んでもらったことに礼を言いながら、アルフォンスにエミリアからの手紙を見せる。

アルフォンスが手紙を読んでいる間に、アリスは予備のカップに紅茶を淹《い》れ、彼の前に置いた。

「厄介そうな人だね」

「本当に」

アルフォンスの一言に、深々と頷く。

「こういうお馬鹿さんって、どこにでもいるわねぇ。こういう人間が権力を持つと、碌《ろく》でもないことが起きるのよ」

何やらそういう人間を知っているとでも言わんばかりの言葉だ。

「ローズ様はそういう人間に関わったことがあるんですか？」

「姿を隠して、アタシの存在を認知させずに、だけどね」

そうして、ローズは語り出す。

「ほら、アタシは愛と情熱の大精霊でしょ？　だから、東西南北、端から端まで渡り歩き、世界中で愛と情熱を説き、導いてきたの」

胸を張ってそう答えるローズに、アリスは「世界中！」とお転婆娘《てんばむすめ》の好奇心をくすぐられて目を輝かせ、アルフォンスは「世界中……」と規模の大きさに不安を煽られて視線を彷徨《さまよ》わせた。

「そう。あれは、隣国でのコト……」

「隣国！」

「隣国……」

トーンの違う二人の声が東屋《あずまや》に落ちる。

「薔薇《ばら》が美しい、初夏の日のことだったわ」

ローズは目を閉じ、ありし愛と情熱の導きの日を語る。

彼女は姿を隠しながら、人間達が作り上げた素晴らしい薔薇園《ばらえん》で薔薇《ばら》の香りを楽しんでいたそうだ。そして、そんな薔薇園《ばらえん》に、一組のカップルがやってきた。

「二人は顔立ちの整った二十代の青年。もう一人は、初々しいお人形さんみたいな可愛らしいお嬢さん」

二人は明らかに恋人同士という雰囲気を出し、ゆったりと語り合いながら薔薇園《ばらえん》でデートを楽しんでいた。

「ただ、青年は侯爵家の嫡男で、お嬢さんは男爵家の令嬢。想い合っていても、結ばれない運命だったの」

ローズの言葉にアリスは眉をハの字に下げて気の毒そうな顔をし、アルフォンスは「隣国の侯爵家……」と呟きながら心当たりを頭に浮かべて難しそうな顔をする。

「アタシは燃えたわ。悲恋の運命を背負った禁断の恋！　愛と情熱の大精霊として、二人の愛を成就させるべしと！」

アリスは黄色い歓声を上げ、アルフォンスは頭の中でリストアップした侯爵家嫡男達の名に首を傾げる。

「そうとなれば、まず二人のことを詳しく調べるべきだと思ったの」

二人の置かれている状況を知らなければ、導けるものも導けない。なにせ、人間は生活していかなければならず、生活がすさめば心もすさみ、愛も壊れやすくなることをローズは知っていた。

「だから、それを知るために、まずは青年のほうへついて行ったわ」

さすが、ローズ様！　と感心するアリスの横で、アルフォンスはそっと目を伏せる。

大精霊ゆえに姿を消すことができるローズだが、その青年がもし彼女の姿が見えていたらどうなっていただろう。女神コスのゴリマッチョオネェにストーキングされていたと知れば、悲鳴を上げるのは間違いない。

「そして、アタシは大変なものを目撃してしまったのよ」

「大変なもの……」

アリスはごくりと息を呑む。

「なんと、その青年はお嬢さんと薔薇園《ばらえん》で別れた後……レストランで待ち合わせしていた別の女に、愛を囁《ささや》きはじめたのよぉぉぉ！」

「えぇぇぇぇ⁉」

驚愕の声を上げるアリスの隣で、アルフォンスはそういうオチか、と頷く。

「しかも、その女と食事した翌日に屋敷に尋ねてきた女がいたの。もちろん、レストランの女と違うコよ。そのコ、なんと青年の婚約者だったの！」

「婚約者がいたんですか⁉」

アリスは素直に驚くが、訳ありとはいえ、卒業式のパーティーで婚約破棄騒動を起こしたアルフォンスは、少し気まずそうな顔をして視線を逸らした。

「婚約者のコは、青年の女性関係に関して苦言を呈したのだけど、彼は聞き入れず、うざったそうにして早々に席を立ったわ。婚約者のコは暗い顔をしていて可哀想だった」

どうにも、その婚約者の女性の家の力では青年とは婚約解消ができず、不本意な婚約を続けていたらしい。

「その青年、とても厄介な男だったの。美人で気立ても良い婚約者がありながら、裏ではデビュタントしたてのウブなお嬢さんを引っかけて弄《もてあそ》び、飽きたらポイする最低野郎だったのよ。しかも勢いのある高位貴族の令息だから、訴えても権力にねじ伏せられて終わり。サイテーでしょう？」

令嬢によっては、居場所をなくして修道院に入った者までいるのだから遣《や》る瀬《せ》ない。

当時の怒りを思い出したのか、ローズの周りの温度が上がる。

「アタシは愛と情熱の大精霊として、この男を許しちゃおけないと思ったわ！」

ローズが握る拳には力が込められ、血管が浮いている。あの拳でパンチが繰り出されれば、相手は一巻の終わりだろう。

「あの男はいつもパーティーで適当な女の子を見繕い、場合によっては薬まで使って女の子に酷いことをしていたそうなの」

ローズがいったいどこでそんな情報を得たのだろうか？　話しぶりから誰かから聞いたのだと分かるのだが。不思議に思っていると、それを察したのか、ローズは情報通の風の精霊達に聞いたのだと教えてくれた。

「風の精霊は情報通なのですか？」

「人がいるところを好む子は、特にそういう面で情報通になるわ。大精霊であるアタシが聞けば、すぐに教えてくれるの」

もし知らなくても、知っていそうな精霊を紹介してくれるのだという。

ちなみに、相手が人間なら対価を要求される。精霊の力はお安くないので、滅多に精霊に尋ねるような者はいない。

「精霊はどこにでもいるから、アナタ達も悪いコトはしちゃだめよ」

「分かりました！」

「善処します」

アリスは素直に頷くが、アルフォンスは為政者らしい返事だった。

そして、ローズは続きを話し出す。

「それでね、その最低男なんだけど、ある大きなパーティーに出席するという情報をゲットしたの。もちろん、アタシは最低男の後をつけてそのパーティーに潜入したわ」

大精霊のローズにはどういう趣旨で開催されたものかは分からなかったそうだが、パーティーは王家主催のもので、多くの人が参加していたそうだ。

「何もかもがすごくゴージャスなパーティーだったわ。アタシもホールの真ん中で情熱のダンスを披露したいくらいだったもの」

隠密行動中だったのでしなかったが。

懐かしそうに遠くを見つめるローズを前に、アリスはもし自分がアルフォンスと結婚しておらず、そういうパーティーに出席したとしたら、ダーリン狩りに向かっただろうな、と肉食系女子らしいことを思った。

そんなアリスの隣で、アルフォンスは件《くだん》のパーティーにいくつか当たりをつけながら、近年そういうパーティーで精霊がらみの問題が起きたりしたかどうか、思い出すのに集中する。決して、ローズの情熱のダンスから目を逸らしたいからではない。

「まあ、そんなパーティーだと、とにかく人が多いでしょう？　つまり、最低男にとっては最高の狩り場だったのよ」

王家主催だというのに、なんとも恐れ知らずだ。

しかし、そういう人間はどこにでも湧いてくるもので、うちの国にもいたなぁ、とアルフォンスの脳裏に類似事件がよぎる。

「これ以上可哀想な被害者を出さないためにも、アタシは行動に出ることにしたの」

ローズのその言葉でアリスとアルフォンスが思い浮かべたのは、黒い消し炭になる最低男だ。パーティーで謎の人体発火。事件を超えてホラーである。

「けど、アタシも愛と情熱の大精霊であるのだから、暴力で解決するのもどうかと思ったの。だから、もっと平和的な手を使ったわ」

人体発火事件は起こらなかったらしい。二人はほっとしたものの、それならローズはいったい何をしたのかと新たな不安が頭をもたげる。

「人には『社会的な死』という言葉があるじゃない？」

アリスは予想外の言葉に目を瞬かせ、アルフォンスは凍り付く。二人の反応が分かれたのは、思い当たる事件の有無だ。アルフォンスの頭には、十年前に隣国で起きた、珍騒動が浮かんでいた。

「奴は婚約者と会場入りして、早々に婚約者を放り出して品定めに動き出したわ。そして、スミレのような初々しい令嬢に目をつけた。顔だけはいい奴は彼女にダンスを申し込み、二人でホールの真ん中へ向かったの」

ローズはその後をついて行って、行動を起こした。

「二人はくるくるとホールの真ん中で踊っていて、とっても目立っていた。——チャンスだと思ったわ」

力強く拳を握りしめ、彼女は言った。

「だからアタシ……奴のズボンのベルトを焼き切って、ズボンを引きずり下ろしてやったのよ！」

注目の的だったわぁ！　と高笑いするローズにアリスは目を輝かせて拍手を送り、アルフォンスは反対に目からハイライトを消した。

アルフォンスは、ローズのした事件の詳細を知っていた。

実のところ、ローズの言ったことは、正確ではない。彼女は確かに、某令息のズボンをホールのど真ん中で引きずり下ろした。しかし、彼女はズボンだけを引きずり下ろしたのではない。なんと、彼女は——パンツも一緒に引きずり下ろしてしまったのだ！

もちろんその後は大騒ぎになり、某家令息の丸出し事件の噂《うわさ》は、千里を走った。

ローズが言ったように、件《くだん》の令息は引きずり下ろされたパンツと共に評価も落とし、社会的な死を迎えた。もちろん嫡子からも外されて、婚約者だった女性もそれを切っかけに婚約を解消することに成功した。

その珍事件は事が事だけに忘れられることもなく、後にベルトとパンツの紐《ひも》の強度には気をつけろ、などと言われるようになった。

愛を粗末に扱う輩には、当然の報いよね！　と高笑うローズの声を聞きながら、アルフォンスは悟りを開いたような顔して、不誠実な真似だけはすまいと心に刻んだ。

「それでね、そのロクデナシお坊ちゃんと同じニオイがするのよ。あのボクチャンは」

自分本位で他人の都合など考えない。都合の悪いことは権力で殴ってなかったことにする。そんな、ロクデナシの臭いだ。

大事な契約者に近づけたくないタイプの男だとローズはしかめっ面をし、それにアルフォンスも同意した。

「アリス、こういった人間は行動が読めない時がある。十分に気をつけて、外出時は必ずローズ様と共に出かけてほしい。ローズ様、アリスをよろしくお願いいたします」

アリスは素直に頷き、ローズは任せてちょうだい、と胸を叩いた。

もうすぐ楽しみにしていた収穫祭だ。

何事も無ければ良いとアリスは神に祈った。しかし、往々にしてそういう祈りは神には届かず、厄介事が起きるのは、どうしようもない世の常だった。

第二章

先日の厄介者襲来の件はアルフォンスと共にデニスに話し、その報告の場にいたクリントとバートラムにも情報を共有することとなった。

話し終わった時にはクリントとバートラムの笑顔がとても寒々しいものになっており、アリスは視線を逸らして見なかったことにした。

さて。

それはそれとして、まずは収穫祭である。

収穫祭の二日前。

この日は収穫祭に出されるご馳走《ちそう》のメニューを村の奥様方と相談する日だ。

アリスはローズについてきてもらい、村へと向かう。ただし、ローズは村の人間が緊張してはいけないと言って、姿を隠しての同行だ。

例年、コニア男爵家が各家から作物などを買い取り、収穫祭当日に村の奥様方がそれらを使ってご馳走《ちそう》を作る。ご馳走《ちそう》といっても宮廷料理のようなものではなく、大衆がお腹いっぱいになるようなものだ。

今回はアリスがダンジョンでゲットした肉を提供することになっており、いつもとは違う料理を作ろうと盛り上がっている。

「良い肉だから、そのまま味わえるバーベキューは外せないんじゃないかしら」

「そうよね。アルフォンス様の歓迎会の時の肉は本当に美味しくて、うちの子達は未だにあの日の話で盛り上がるのよ」

「汁物はカボチャのシチューなんて良いんじゃない？」

「後はパイでも焼けば十分でしょう」

「お嬢様もそれでよろしいでしょうか？」

奥様方がメニューを決め、アリスは笑顔でそれに頷く。

学園に入学するまで、毎年アリスはこの作業に参加していた。

奥様方が手を焼く硬いカボチャを難なく切り、稀に捕れる鹿も上手に解体し、一度だけあったご馳走《ちそう》の匂いにつられた魔物の乱入も包丁を投げて仕留めてみせた。今のダンジョンの下層をすいすい攻略できる腕前の片鱗は、この頃には出ていたように思える。これがヒロイン力（属性：筋肉）。

そして今回の肉は、なんと熟成肉だ。

アリスがダンジョンでゲットした魔道具の中に、一室を低温管理できる魔道具があり、まさに熟成肉を作るための魔道具といえた。おかげさまでその魔道具をゲットして以降、料理人が狂喜乱舞しながら熟成肉を作るのに嵌《は》まっている。

「今回の肉も期待してもらって良いわよ」

アリスの言葉に、奥様方の目がギラリと光った。


こうして奥様方との打ち合わせを終えた帰り道。アリスは例の厄介者に出会ってしまった。

「おお、これはアリス様！」

「げっ」

どこの役者かと思うような芝居めいた仕草でイーサンがこちらに寄ってくる。その後ろに続くのは、嫌悪感丸出しのエミリアだ。エミリアはその顔を年頃の乙女としてはどうかと思うほどに盛大歪《ゆが》めており、歪《ゆが》めすぎた顔が変顔めいていて、道行く人が思わず噴き出す事態になっている。そんなだから皆にエセお嬢様と言われるのだ。

エミリアがお前にだけは言われたくないと言うだろうことを思うアリス（属性：肉食系脳筋ヒロイン）は、分かりやすく取り繕った笑顔を浮かべて挨拶《あいさつ》する。

「こんにちは、エミリア。……それと、デクスターさん」

分かりやすい、ついで扱い。オマエハ好マシクナイという感情をありありと込めてみた。

「アリ――」

「そんな、デクスターなどと他人行儀な！　どうぞ、イーサンとお呼びください」

何事か言おうとしたエミリアを遮り、イーサンが言う。

残念ながら遠回しの拒否は彼には通じなかったようだ。

「どちらかにお出かけですか？」

「いいえ、今から屋敷に帰るところです」

「おお、それではこれからご一緒にお茶でもいかがでしょうか？」

こちらに近寄り、身を寄せて肩を抱こうとするのを回避する。馴れ馴れしい男である。

イーサンは逃げられたことが不思議なようで、キョトンとした顔をし、けれどもすぐに笑顔を作って今度はアリスの腰を抱こうとする。

アリスはその行動にぎょっとし、再び身をひねってそれを避ける。

「アリス様は照れ屋でいらっしゃる」

いったい何を見てそう思ったのか、己の顔が整っているのが分かっている角度で格好をつけて笑みを浮かべるイーサンに、アリスは鳥肌が立った。

(ナルシスト……！　こいつ、ナルシストだわ！)

この世のすべての女が自分に好意を持っていると勘違いしていそうだ。

そんなイーサンの背後から、エミリアが変質者を見るかのような目で睨《にら》み付けている。歴代の婚約者と破談となった事実をよくよく考えて猛省しろと言ってやりたい。

(ここでローズ様に助けを求めるのは簡単だけど、ロクデナシの丸焼きの片づけなんて、収穫祭の前にやりたくないわ！)

それに、こんな男のためにローズに手を汚してもらいたくない。

アリスは腹を決め、イーサンから更に三歩離れて告げる。

「忙しいので、これで失礼します」

話をぶった切るかのように言い、それと同時に、アリスは回れ右して全速力で走り出した。令嬢のまさかの全力疾走に、イーサンは呆気にとられて固まる。

アリスは後ろから、エミリアが噴き出す音を聞いたような気がした。

＊＊＊

イーサン・デクスターは全速力で走り去る男爵令嬢《アリス》の後ろ姿を呆気にとられて見送り、我に返った頃にはその姿は既に見えなくなっていた。

「くそっ、なんなんだ……」

前髪をぐしゃりと掻き上げ、吐き捨てる。

それを嘲笑を浮かべた目で見る自身の婚約者──弱小商会の一人娘、エミリア・ロッツが口を開く。

「あの子は既婚者ですわ。しかも、相手は元王太子殿下。敵う相手ではありませんわよ」

イーサンはそれを鼻で嗤《わら》う。

「自分の後ろ盾になっている家の令嬢にイチャモンつけて婚約破棄したはいいが、返り討ちにされた愚か者だろう？　しかも、オジョウサマにとっては王命で無理矢理結婚させられた相手だ。俺を選ばないわけがない」

自信満々で言い切るイーサンに、エミリアは呆れたように溜息を吐き、それ以上何か言うことはなかった。

仮にも己の婚約者に向かって言う言葉ではないし、その婚約者の忠告に嫉妬の色がないのもまた普通ではない。

そのことを欠片も気にしないのは、イーサンにとってエミリアはただの踏み台であるからだ。

イーサンはデクスター商会という大商会の三男として生まれたが、三男であるがゆえに商会の跡取りから外されてしまっていた。

跡取りの兄がいなければ、と憎く思っていたのがバレたのか、親にデクスター商会の資産とは比べものにならないほどの貧乏家を婿入り先と定められてしまった。

不満はあった。しかし、相手はそれなりの顔と体を持っていたため、イーサンは寛大な心で受け入れた。

だが、その婚約者はとても口うるさかった。

やれ、取引相手には敬意を持って接しろ。やれ、他の女と密着せず、適切な距離を置け。

自分に付き従えばいいものの、それをしない女に苛立ちが募る。

嫌気がさした頃、あちらが婚約の解消を言い出し、二人の仲は決裂した。

それからも婿入り先をあてがわれ、決裂するのを繰り返し、とうとうこれが最後だと苦い顔でロッツ商会の一人娘を差し出された。

これ以上は世話をするつもりはない。もちろん、デクスター商会でイーサンの面倒を見るつもりはないとまで言われてしまい、イーサンは自由を奪われた。

しかし、この婚約はイーサンにチャンスをもたらすものだった。なんとこのエミリアの幼馴染みは、今話題の婚約破棄劇の中心人物であると同時に、大精霊の契約者となった令嬢だったのだ。

「権力も何もかも失った王子に価値なんてない。それと無理矢理結婚させられたのなら、不満を抱いているだろう。それなら、俺に落ちてくるはずだ」

そうなれば、令嬢の持つすべては自分のものだ。

己の魅力を疑わぬイーサンは、薔薇《ばら》色の未来を思い描いて笑みを浮かべる。

そんなイーサンを、心底馬鹿だと思っているエミリアの視線に気づかずに……

馬鹿な妄想に顔を緩ませる阿呆を見るのも嫌で、エミリアは道行く人々へと視線を移す。

エミリアの視線に気づき、通行人の村人はこちらに笑顔を向け、エミリアもそれに笑顔を返す。

幼い頃からエミリアはこの村にやってきて、アリスと遊んでいた。そのため、男爵領の人々とはそれなりに仲が良い。だからこそ、村人達はエミリアにアリスの近況を話し、アリスの夫となったアルフォンスがどれだけ優秀で良い男であるか教えてくれた。そして、反対にエミリアが嫌悪の表情を向けるイーサンには、当たり障りのない対応をし、お貴族様の家のことは分からないと言って、コニア男爵家の情報を落とすことは不自然なほどになかった。

（そのことにまったく気づかないんですから、無能の極みですわね）

イーサンは自分が見下している者が、下げた頭の下で舌を出しているとは思わないのだ。

（世界を多角的に見ることができず、自分の都合の良いようにしか考えられない。まったく、デクスター商会という大商会を担う者が、どうして息子をこんな阿呆に育ててしまったのかしら？）

本当に迷惑だ、と思いながら、変わらず花が咲いた妄想で悦に浸っているイーサンをチラリと見遣る。

どちらにせよ、イーサンはアリスと対面した時点で詰んでいる。

（村の人から聞いた元王太子殿下のご様子なら、イーサンの好きにはさせないわ。そして、あのちょっと変わった大精霊様も、この男を放ってはおかないでしょう）

エミリアは、イーサンにアリスのことを知られてすぐに、デクスター商会に手紙で苦情を入れた。

しかし、イーサンは回収されることなく、このコニア男爵領に来てしまった。

(私からの手紙だから軽く見られて後回しにされたのか、それとも単純に間に合わなかったのか)

どちらにせよ、既に手遅れだろう。

エミリアは再び苦情を入れるべく、その文面を考えながら、再び憂鬱《ゆううつ》そうに溜息を吐いた。

そうして、イーサンから気を逸らしたからだろう。

エミリアは、イーサンが冒険者の持つ籠――捕獲依頼された小さな魔物を見て、企むような顔をしているのに、気づくことができなかった。

＊＊＊

アリスはうっとりと目の前の美男子を見つめる。

目の前の美男子――アルフォンスは、そんなアリスの様子に苦笑して、どうしたのかと尋ねた。

「実は、外出した時に例のイーサン・デクスターと出くわしまして。なので、心の浄化が必要だと判断しました。アルフォンス様のおかげで潤っています！」

「う、うん？　そうなのかい？」

アリスの発言からは、イーサンと出くわして嫌な思いをしたのだろうと推察できるが、独特な言葉選びにアルフォンスは戸惑《とまど》いを見せた。そんなアリスの隣で、若いって良いわね！　とローズがテンションを上げており、それは、この契約者にしてこの大精霊ありと思わせる光景だった。

「あれはいつまでいるつもりなんでしょう？　収穫祭には参加してほしくありません。下剤を盛っちゃダメでしょうか？」

「うーん、ちょっと落ち着こうか」

収穫祭ではアルフォンスとデートの約束がある。イーサンはあの調子なら絶対に割って入ってくるし、面倒な騒ぎを起こしそうだ。

アリスの不穏な企みを、アルフォンスが苦笑しつつ止める。

「そこまで酷かったのかい？」

「自分の婚約者が横にいるのに、既婚者にコナをかけてくるような輩ですよ？　その時点でアウトです」

それはそうだ、とアルフォンスは頷く。

「アタシもあれから、情報を集めてみたのよ。そうしたら、オツムの残念具合が普通じゃなかったわ」

どうもイーサンの周りに風の精霊がいたらしく、その精霊にイーサンのことを聞いたそうだ。

「あのボクチャンがやらかしたことを、面白おかしく語ってくれたわ。風の精霊にたまにいるのよね、修羅場好き」

悪趣味よねぇ、とローズは呆れたように肩をすくめ、続ける。

「けど、風の精霊は気まぐれで飽きっぽいの。なのに、あのボクチャンについて回っているってことは、相当な頻度で問題を起こしているのは間違いないわ。ロクなものじゃないわね」

やっぱりアリスちゃんには近づいてほしくないわぁ、と小首を傾げるローズの声音には、どこか不安を煽るものがあった。

アルフォンスもそれを感じたのか、少し慌てた様子で言う。

「それなら明日、私が話をつけましょう」

コニア男爵領で、大商会の息子が行方不明になる事態は避けたかった。

第三章

青空を飛ぶ小さな赤い獣は、人々に大きな焦燥を与える。

(厄年なのかしら？　それとも、アルフォンス様を夫に迎えられた幸運の揺り返し？)

そんなことを考えながら、アリスは走る。

視界の先にいるのは、空を飛ぶ赤い毛皮を持つモモンガだ。

それに向かって跳び上がる前にアルフォンスの補助魔法がかかり、それによって数段上にまで空を駆ける。

そして、アリスの手がモモンガを捕らえそうになるも、モモンガはアリスの手をすり抜ける。

「惜しい！」

「お嬢様頑張って！」

子供達の応援の声を背に、アリスは再び走り出す。

二匹の赤いモモンガが、空を滑空する。

「あっちに行ったぞ！」

「くそっ、すばしっこい！」

アリス以外の人間も、その獣を追って走り回る。

「ルビーモモンガだなんて、冗談じゃないわ……！」

苦い顔で憎き空飛ぶ赤いネズミを睨《にら》みながら、アリスは再び飛び上がった。

＊＊＊

事の発端は、アリスがアルフォンスと共に収穫祭の準備に村の広場に来た時のことだ。

「あれ？　まだ来てないの？」

その呟きは、広場のあるスペースを見てアリスがこぼした言葉だった。

今年は『金糸雀一座』が来る年なので、広場には一座のためのスペースが確保されているのだが、いつもであれば到着しているはずの一座の姿がない。

村の人間に尋ねても、やはりまだ見ていないという答えが返ってきた。

一座の人間は腕が立つことは知っているが、心配になるのは仕方のないことだろう。

「アリス、どうしたんだい？」

アリスが表情を曇らせたことに気づき、村長から書類を受け取ってこちらに戻ってきたアルフォンスが尋ねる。

アルフォンスはイーサンと話をつけると言っていたが、その前にまずは収穫祭の準備だ。どうせ嗅ぎつけてやってくるだろうと二人はなんとなしに思い、用事を済ませることを優先したのだ。

「あの、実は旅芸人の――」

そこまで言った、その時だった。

「おい！　何するんだ！」

広場に怒声が響いた。

そちらに視線をやれば、そこにいるのは数人の冒険者と、イーサンだった。

「金は払っただろう」

「投げつけたの間違いだろ！」

金が入っているだろう小袋を突き出しながら、もう片方の手で返せと促す。

冒険者達が返還を求めているのは、イーサンが持つ籠だろう。籠の中には二匹の小さな赤い毛玉が見え、動物――魔物が入っているのだと分かる。

そして、イーサンはこちらに気づいたようで、一瞬、どこか企むような笑みを浮かべ、籠を返せと怒鳴《どな》る冒険者に「そこまで言うなら」と言って、籠を押し付けるようにして返し――その際にうっかりしたふりをして、籠の扉を開けて中の魔物を地に落とした。

もぞり、と地に落ちた獣が動く。

そして、それは頭を上げると同時に風魔法を使って上昇気流を作り出し、皮膜を広げて飛び上がった。

「ルビーモモンガ！」

収穫祭の準備が行われている広場の上空を飛ぶのは、二匹の赤い魔物――ルビーモモンガだ。

驚愕の声が上がり、人々の視線がルビーモモンガに注がれる。

「おい、あれ、雄と雌だぞ！」

微妙な違いに気づいた者が悲鳴を上げた。

「番《つがい》だ！」

「番《つがい》のルビーモモンガが逃げたぞ！」

広場に混乱が広がった。

ルビーモモンガは、低ランクの魔物だ。

しかし、その繁殖力は恐ろしいほどに高く、年に何度も、しかも一度に十四以上も出産する。

そんなルビーモモンガが外から持ち込まれ、天敵のいない地で繁殖した結果、作物を食われ、あっという間に一つの国が滅んだという事例が報告されている。

このルビーモモンガはコニア男爵領のダンジョンの下層に生息しており、実験動物として捕獲依頼を受けてここに来る冒険者も珍しくない。

だから、村の者ならルビーモモンガを一度は見たことがあり、また、その危険性もよくよく教えられていた。

その国潰しの害獣《ルビーモモンガ》が、今、解き放たれた。

驚愕に目を見開くアリスの前に、何を思ったかイーサンが躍り出る。

「ああ、大変だ！　魔物が逃げてしまった！　けれど、ご安心ください。私がついています！」

アリスに向けてそう言い放ち、アリスはもちろん、周りの人間すべてから見事なまでのヘイトを稼いだ。

イーサンの思惑は分かりやすい。きっと、魔物に怯える可憐な令嬢を守る騎士役になろうとしたのだろう。

しかし、それは実に愚かな選択であった。

アリスは瞬時に鬼のような形相となり、イーサンのご自慢の顔を殴り飛ばして、その場にいる全員にルビーモモンガの捕獲、もしくは討伐を命じた。

最早、収穫祭の準備などしている場合ではない。

「番《つがい》のルビーモモンガを逃がすとか、正気じゃねえ！」

悲鳴交じりの怒声が上がる。

ルビーモモンガの捕獲には厳しい規則があり、籠もまた専用のものが支給される。その籠は睡眠の魔法が付与されている魔道具で、そこから出さない限り眠り続けるものだ。

今回その依頼を受けた冒険者は専用の籠にルビーモモンガを捕獲し、適切な行動を取っていた。

しかし、ここでトラブルが起きた。

イーサンが、そのルビーモモンガを冒険者から買い上げたのだ。

否、買い上げたというのはイーサンの言い分であって、正確には金貨を投げつけて、驚く冒険者達からルビーモモンガを取り上げたのだ。

もちろん、冒険者達はルビーモモンガを売ったつもりはなく、すぐに返すように訴えた。しかし、イーサンは聞かず、それどころかルビーモモンガを籠から出してしまった。それもこれも、アリスに良いところを見せる、そのためだけに。

イーサンの愚かさは、とうとう国全体を危機にさらすほどのものとなった。こうなると、デクスター家もただでは済まされないだろう。

空飛ぶ害獣を、一際目立つゴリマッチョオネェ——ローズが慌てながら追う。

「ああん、もう！　ああいう小さい的は苦手なのよぉ！」

こういう時こそローズの出番だと思うかもしれないが、ローズの得意な戦法は、大火力での殲滅《せんめつ》である。こういう住宅の密集地帯などの燃えるものが多いところでは、むしろローズが力を使うほうが危険だ。

それでも大精霊であるため、空を飛べる彼女はルビーモモンガを懸命に追う。

「アタシが風の精霊だったら……！」

ルビーモモンガは風を操る魔物だ。そして、ダンジョンの下層で生きられるほど俊敏で、風の魔法を巧みに使う。愛と情熱の大精霊、もとい、炎の大精霊のローズとルビーモモンガは相性が悪かった。

そんな彼女の助力を得ながら、アリスはルビーモモンガを追う。

ルビーモモンガは、普通であれば罠《わな》でもって捕獲する。こうして狙い澄まして狩るには不向きな魔物なのだ。しかし、それでもアリスはダンジョンの下層の攻略を行っている人間だ。アルフォンスとローズの助けを得て、どうにか一匹を捕獲した。

「あと一匹！」

慌てて駆け寄ってきた冒険者が持つ籠に放り込んだルビーモモンガは雌だ。雄のルビーモモンガは遠い空を飛んでいる。

この場合、番《つがい》でなければ大丈夫と思うかもしれない。しかし、厄介なことに魔物と普通の動物との雑種というものが確認されている。ルビーモモンガの性質を持った雑種が誕生されでもしたら、目も当てられない。

その頃には誰かが男爵家まで知らせに走ったのか、デニスと使用人達が応援に駆けつけた。

「バートラム、援護を！」

「はい！」

クリントとバートラムが懐から暗器を取り出し、それをルビーモモンガに投げる。

バートラムが行く手を塞ぐように暗器を飛ばし、ルビーモモンガの行動を予測したクリントの一投が、見事に皮膜を傷つけた。

ルビーモモンガは体勢を崩し、飛び方が乱れる。

「おお！　さすがクリント！」

デニスが歓声を上げる。あれならば、落ちてくるのも時間の問題のように思えた。

しかし、それを否定するようにアルフォンスは声を上げた。

「ルビーモモンガが上に逃げるぞ！」

その言葉にはっとしてルビーモモンガを見上げると、ルビーモモンガはただひたすら上へ上へと昇っていく。

「人の手が届かないところまで昇るつもりなの!?」

上空は寒い。そのため、ルビーモモンガのような魔物はそこまで高く飛ばない。しかし、命の危機を感じれば話は別だ。とにかく手の届かないところを第一として逃げる。

こうなればローズに大火力の炎を空に放ってもらうしかないかと、大損害覚悟でローズに頼む案を相談しようとした、その時。

――ピィイイ……！

高い、鳥の鳴き声が聞こえた。

それは、大きな鷹《たか》の魔物だった。

鷹《たか》の魔物は大きく旋回し、そして狙いをつけてルビーモモンガを襲った。

しかしルビーモモンガもさるもので、それをかわして逃げ回る。しかし、負傷しているぶん分が悪く、ルビーモモンガはすぐに捕まってしまった。

そして、獲物を捕らえた鷹《たか》の魔物は空から降りてきて、一人の男のもとへと翼を羽ばたかせる。

鷹《たか》の魔物からルビーモモンガを受け取った男は、快活な様子で告げた。

「お久しぶりです、皆様！　取りあえず、籠を持ってきていただいてもよろしいでしょうか？」

男――『金糸雀一座』の座長、カルロ・モグは笑ってそう言った。

半泣き半笑いという珍妙な顔をしたデニスがカルロに駆け寄り、その後ろを冒険者が籠を片手に慌てて追う。

「カ、カルロくぅぅぅん！」

カルロは籠にルビーモモンガを入れると、改めてデニスに向き直る。

「お久しぶりです、デニス様」

「本当に久しぶりだね――って、いや、そうじゃなくて！　うん！　ありがとう！　本当に助かったよ！」

村どころか国の危機だった問題を前に、焦っていたデニスは、興奮が収まらないせいで発言に落ち着きがない。

「皆さーん！　お久しぶりです！　大丈夫でしたかー？」

そして、車輪の音を立ててやってくるのは、『金糸雀一座』の面々だ。

カルロの妻である踊り子のダリアが馬車の御者台から声を張り上げ、他のメンバーが荷台から次々に飛び降りてくる。

その懐かしい面々に、安堵からデニス同様半泣き半笑いの村人達が駆け寄り、熱烈なハグで歓迎の意を表していた。時折、髭面《ひげづら》のおっさんから熱烈なキスを受けて悲鳴が上がっていたのはご愛《あい》敬《きょう》だろう。

そして、その一団にアルフォンスとバートラムが目を丸くしていた。

「まさか、『金糸雀一座』……なのか……？」

「そのよう……です……ね……？」

二人の様子から、この日に来る旅芸人の一座の名を知らなかったことが分かる。

「言っていませんでしたっけ？」

小首を傾げるアリスに、アルフォンスはなんとも言えぬ顔で頷く。

「ああ……いや、私達が聞かなかったのだと思う」

「むしろ、なぜ知らずに今日を迎えられたのか不思議です」

どこかで一座の名を聞きそうなものだが、偶然にもその名を知らずに今日を迎えた。

村の規模と長閑《のどか》さから、なんとなく先入観があったのだ。

コニア男爵領程度の規模だと、名の通った芸人一座は普通なら来ない。

今まで二人の地位はヒエラルキーの上層部分にあり、最高品質の芸術を愛でてきた。そのため、無意識ながら無名と思っていた一座に対して、そこまで興味を持てなかったのだ。

しかし、『金糸雀一座』は名の通った一座だ。先入観を破り、彼らは目の前にいる。

「外部の人間がどんな者か最低限の情報を見逃すとは……。どうも気が緩みすぎていたようだ。引き締めないといけないいな」

「我が身の堕落が恥ずかしいです」

珍しく反省の言葉を呟き、気を引き締めた顔をするアルフォンスのキリッとした姿に、そんな彼も素敵だとアリスの恋に染まった脳みそがサイリウムをぶん回すが、バートラムはちょっと落ち込みすぎのような気もする。クリントにしごかれているのに、堕落はありえない。

アリス達がそんなことを話していると、カルロがこちらに気づいて近づいてきた。

「お久しぶりです、アリス様」

「ええ、お久しぶりね、座長さん！」

元気よく挨拶《あいさつ》するアリスに、カルロがどこか安堵した様子で微笑む。そして、視線をアルフォンス達に移し、告げる。

「そして、お久しぶりです。アルフォンス様、バートラム様。大きくなられましたね」

「ああ、久しぶりだね」

「その節は、お世話になりました」

懐かしそうに目を細めるカルロに対し、アルフォンスも穏やかに微笑み、バートラムは感謝を込めて頭を下げた。

明らかに知り合いと分かるやり取りを前に、アリスは目を瞬かせる。

「あの、皆さん、お知り合い……ですか？」

アリスの質問に、アルフォンスは頷く。

「昔、王城で『金糸雀一座』を招いて芸を披露してもらってね。その時に知り合ったんだ」

「いやぁ、まさか城で十日間もお世話になるとは思いませんでしたよ。大変、快適に過ごさせていただきました」

あれは貴重な体験だった、と笑うカルロに、アルフォンス達もまたどこか嬉しそうに笑みを浮かべる。この二人の様子から、良い思い出なのだろうと分かる。

「あの赤い花の種は庭で育てて、ありがたく活用させていただきました。国王陛下もあれが薬草だとは思わなかったようです」

「それは良かった」

その会話から、カルロがアルフォンスに薬草の種をあげたのだと分かった。そして、正しくアルフォンスの置かれていた立場も理解していたのだと。

「そうそう。あの薬草の種なのですが、実はデニス様にいただいたんですよ」

「「「えっ⁉」」」

驚き、アリス達は思わずデニスのほうへと視線を向ける。

こちらに近づいてくる途中だったデニスは、突然注目されてビクッと肩をはねさせた。

「ええと、どうしたのかな？」

戸惑《とまど》いも露わに尋ねられ、薬草のことを話すと「ああ、あれか」と頷く。

「あの薬草は海の向こうの大陸のものでね。こちらでは珍しいけど、あちらではそれなりに有名な薬草なんだ。こちらの土地でも育たないわけではないが、人の手で育てたほうが確実なんだよ」

諸症状に効果があるので、カルロに種を分け、その種をカルロが配って歩いていた時期があるのだという。

「常に育ててもらえるほど根付いたのは、一部の地域のみでしたがね」

カルロ達は旅芸人であるため、薬草は育てられない。しかし、種を分けて常に育てている家を訪ね、その薬草を分けてもらっているそうだ。

「あれはよく効きますから。助かってますよ」

そう言って笑うカルロに、実際に助かっていたアルフォンスは深々と頷く。

「茎部分から採れる毒の吸収を妨げる効果には特にお世話になりました」

アルフォンスの闇を感じさせる言葉に、コニア親子は「お、おおう……」と曖昧な顔で頷いた。

何にせよ、不思議な縁の繋がり方だ。バートラムなど、アルフォンスの苦労を一番近くで見てきただけあって、デニスを感謝と尊敬の念が籠もった目で見ている。

そうして和やかに会話している、その時だった。

「よくも、よくもよくもよくもぉぉぉぉぉ！　ボクはデクスター家の人間だぞ！　ただでは済まさないからな！」

イーサンが殴られたせいで腫《は》れた頬を押さえ、しゃべりにくそうにしながらもアリスに向かってそう怒鳴《どな》った。

「あらやだ、拘束してなかったわ」

「それどころじゃなかったからね」

アリスの呟きに、アルフォンスもイーサンの存在を忘れていたと頬を掻く。

「男爵家ごとき、デクスター商会ならば簡単に潰せるんだからな！」

「いや、それは無理だろう」

「むしろ搾り取ります」

喚くイーサンに、アルフォンスは真顔で切り捨て、バートラムが優秀な頭脳で搾り取れる額を弾き出す。

なんか犯罪者が喚いてる～、と白けた目で見ていると、その後ろからズンズンと肩を怒らせてやってくる人物が見えた。そして、その人はイーサンの後ろに立つと、その頭を勢いよく叩いた。

バシーン、といい音を立てて叩かれた衝撃に目を白黒させながらイーサンはその人物を見る。

その人物は、彼の婚約者であるエミリアだった。

「お、お前、何を――」

「この、大馬鹿者！　クズだとは思っていましたけど、ルビーモモンガを逃がすなんて、国を滅亡させたいんですの⁉」

イーサンの言葉を遮り、エミリアが怒鳴《どな》る。

エミリアの罵り言葉にイーサンは再び頭に血を上らせ、聞くに堪えない罵詈雑言《ばりぞうごん》をエミリアに浴びせるが、エミリアは涼しい顔でそれを受け流す。

見苦しい有様に、そろそろふん縛って転がすか、とアリスが動こうと足を一歩踏み出すが、ある人物の姿を見つけてそのまま固まった。

「己の所業を棚に上げ、なんたる発言」

地獄の底から響いてくるような低い声が、あたりに広がる。

「ロ、ローズ様……？」

その人——アリスと契約した大精霊は、イーサンの背後に現れ、その腰元に手をあて、ガッとズボンを掴み——

「天誅《てんちゅう》ぅぅぅ！」

一瞬でベルトとパンツの紐《ひも》を焼き切り、そのまま引きずり下ろした。

ひやりとした秋の風が、静まりかえった広場に吹く。

イーサンがあらぬところに風を感じ、青ざめた、その時。

「小っさ」

蔑んだ目でそれを見たイーサンの婚約者《エミリア》の声が広場に響く。そして、途端に広場が爆笑の渦に包まれた。

イーサンの喚き声で注目を集めた広場のど真ん中で起きた珍事。

視線はそのまま丸出しのそれに集まり、イーサンは慌ててズボンを引き上げて走り去ろうとして、ずり落ちそうになったズボンに足が絡まってずっこける。そのせいで今度は半ケツになり、人々を更なる笑いの渦に落とした。

そんなある種の混沌に満ちた広場で、アリスは自分の背後にいるアルフォンスに尋ねる。

「あのー……、アルフォンス様？　そろそろ手を……」

「いや、まだ障りがあるから駄目だよ」

アリスは現在、アルフォンスに目隠しをされていた。

アルフォンスはローズが何をするのかを察し、すぐさまアリスの目を手で隠したのだ。おかげさまでアリスは汚いモノを見ずにすんでいる。

その間にアルフォンスは視線でバートラムに指示を出し、それを受けてバートラムがどうやって収納していたのか胸元から取り出したロープで半ケツのイーサンを縛り上げる。

「アルフォンス様……」

「まだだよ」

半ケツイーサンが連行されていくのを人々は見送り、ローズはフン、と鼻息荒く言う。

「タマの小さい男だったわ！」

その言葉に再び広場には人々の爆笑が響き、アリスは目元にアルフォンスの手の温もりを感じながら、「まだですか？」「まだだよ」というやり取りを繰り返し、肩の力を抜いてゆったりと微笑みを浮かべたのだった。

エピローグ

翌日。

色々とトラブルはあったが、収穫祭は無事に開催された。

ただ、その日にエミリアからの苦情の手紙をようやく読んだイーサンの父親であるデクスター商会会長が慌ててやってきて、何もかもが手遅れだったことを知って膝から崩れ落ちていた。デクスター商会はこれから大変なことになるだろう。

広場では『金糸雀一座』の劇が上演され、拍手喝采で幕を閉じ、その後はご馳走《ちそう》が振る舞われた。上質な肉や野菜で作られた料理に人々は舌鼓を打ち、日が落ちてきたところで組まれた薪に火がつけられ、村人や一座の者達が持ち寄った楽器がかき鳴らされる。

火が大きくなったところで、村の若い青年が顔を赤くしながら、少女に話しかけ、少女もまた顔を赤くして頷いて了承の意を示す。そうして二人はキャンプファイヤーのほうへ手を取り合って歩き、その周りで踊り出す。

踊っているのは二人だけではない。

数組の若いカップルが炎に照らされながら、明るい笑顔を浮かべて踊っている。

その光景は毎年のことで、アリスはずっとそれを羨ましく思っていた。

しかし、今年は違う。

「アリス」

隣に立っていたアルフォンスに声をかけられる。

「私と踊っていただけますか？」

差し出された手に、アリスは満面の笑みを浮かべる。

「喜んで！」

手を取って、二人はダンスの輪に加わった。

村で踊るダンスは、舞踏会で踊られる小難しいステップを必要とするようなものではない。簡単な型を繰り返し、ただ楽しければ良いというものだ。

アリスは嬉しくてたまらなかったが、アルフォンスも楽しそうな笑顔を浮かべていたことに気づいて更に心が浮き立った。

二人で踊っていると、不意にエミリアの姿が視界の端に映った。

彼女はイーサンの父親にイーサンの有責で婚約破棄を突きつけ、それを了承させることに成功していた。

厄介者から解放された彼女はそれからご機嫌で、今も収穫祭のご馳走《ちそう》を口いっぱいに放り込み、お嬢様らしからぬ見事な頬袋を作っている。

そして今回ある意味で大活躍したローズは、キャンプファイヤーの真上を飛んで情熱のダンスを披露している。愛と情熱の大精霊らしい激しいダンスで二度見され――否、注目を集めている。

人々は飲み、食べ、騒ぎ、歌い、踊る。

喜びが、この地にある。

「アルフォンス様、楽しいですね！」

「ああ、とても！」

アリスの快活な笑顔につられるように、アルフォンスもまた弾けるように笑顔を浮かべた。

二人とも、一年前は目の前の人物と、こんな日を過ごすことになるとは思っていなかった。

きっと、来年も想像もしていない日々を過ごすのだろう。
けれど、思うのだ。
（来年も、目の前のこの人が笑っていると良い）
目の前の人の幸せを願える幸福を、二人は明るい炎に照らされながら感じていた。

番外編　シュラプネル侯爵令息

ガラガラと馬車の車輪が音を立てて回る。

馬車の中には二人の人影があった。

一人はシュラプネル侯爵家の元嫡男であったバートラムと、バートラムが現在仕えている家の主、デニス・コニア男爵だ。

二人が向かうのは、王都だ。

先頃あったイーサン・デクスターによって引き起こされた『ルビーモモンガ解放事件』を報告したところ、詳しく説明するようにと王太子に呼び出されたのだ。

普通であれば、今回のような事件を報告したとしても、解決済みであれば担当官がやってきて、調査されて終わる。しかし、予想外の呼び出しに男爵家は慌ただしくなった。

報告書に不備があったのか。それとも、何か疑われているのかと動揺するデニスに、クリントが言った。

「恐らく、ルビーモモンガの件はついでです。本命は、アリスお嬢様と契約した大精霊、ローズ様の様子が知りたいのでしょう」

その予想に、バートラムもそうだろうと思った。

そして、恐らくはアルフォンスの様子も知りたいのだ。

王太子となった第二王子のシリルは、アルフォンスのことを素直に兄として慕っていた。それはアルフォンスが廃嫡されてからも、複雑な思いを抱きつつも変わらないようだった。

そうしてデニスとバートラムは、王城へ行くために慌てて準備して馬車に乗り込み、現在に至っている。

こうした外出にはバートラムのような見習い家令はついて行かないが、そこはアットホームなコニア男爵家。ついでに実家に顔を見せに行っておいでよ、という気遣いからバートラムも同行することとなった。

朝早くの出発だったため、デニスは車内で寝ており、バートラムもつられるように瞼《まぶた》が重くなる。

秋も深まり、冬が近づくにつれて寒くなっていく。

しかし、その日の日差しは暖かく、バートラムはそのままうとうとと眠りについた。

＊＊＊

バートラムはシュラプネル侯爵家の嫡男として生を受けた。

二年後には弟のトラヴィスが生まれたが、予定日より早く生まれたせいか、体の弱い子供だった。

幼いバートラムは、トラヴィスを可哀想な子だと思っていた。

満足にベッドから出られない体の弱さはもちろんだが、乳母が家の事情で彼が二歳の頃に辞めてしまったのだ。

貴族の家の子供にとって、乳母は両親より近しい存在だ。そんな存在が傍からいなくなり、トラヴィスは寂しがって泣き、よく熱を出すようになった。

バートラムはそんなトラヴィスが可哀想で、勉強の合間にトラヴィスをよく構いに行き、可愛がるようになった。

トラヴィスはそんなバートラムによく懐き、二人は仲の良い兄弟となった。

そんなバートラムが後の自身の主と出会ったのは、七歳の頃だった。

ある日、バートラムは第一王子の側近候補として名が上がり、城に連れて行かれてアルフォンスへ紹介された。

その頃のアルフォンスは、はにかみ屋の可愛らしい子供だった。

男の子特有のやんちゃさはあまりなく、本を読むのが好きで、図鑑片手に庭を散策するのを好んでいた。

バートラムもまた活動的な子供ではなかったので、アルフォンスと気が合い、二人は仲の良い友達となった。

丁度その頃、アルフォンスがベアトリスと婚約した。

しかし、どれだけアルフォンスがベアトリスと仲良くなろうと努力しても、ある一定の距離から壁を感じ、仲良くなることができなかった。

いつかは夫婦となり、共に国を治めていく大事なパートナーとなる少女だ。どうにか仲良くなりたいと言うアルフォンスと共に、バートラムも頭を悩ませた。

何も知らない幸せな子供時代だった。

そんな子供時代が終わったのは、国に病が蔓延《まんえん》してからだった。


国に病が蔓延《まんえん》し、バートラムは屋敷から外に出してもらえなくなった。

それは仕方のないことだし、バートラムは屋敷で大人しくしていた。

周りの大人達が余裕をなくしていく様は心に重たい影を落としたが、自分より小さいトラヴィスを想い、バートラムは虚勢を張って過ごしていた。

その頃のアルフォンスとの交流は手紙でしており、文末にはいつもお互いの無事を祈り、必ずまた会おうという約束で締めくくられていた。アルフォンスもまた、この国の先が見えない不安を感じていたのだろう。

どうにか病が収束してからも、バートラムはアルフォンスと会うことはできなかった。

国に蔓延《まんえん》した病に国王も罹《かか》り、亡くなってしまったからだ。

混乱の中で王太子が即位し、人々は国の立て直しに奔走した。

そんな中、アルフォンスの母である側妃が死んだ。

バートラムは病で亡くなったのだと聞いた。しかし、後に彼女の死は本当に病だったのかと、水面下で疑問視された。

当時、国は混乱しており、病は収束したが、その後もそれのせいで人が亡くなったという話がないわけではなかった。それゆえに、側妃が亡くなったその時は、疑問視する人間は少なかったのだ。

子供の域を出ないバートラムがそれを察することができるはずもなく、ただただ友の母が亡くなったことを悼《いた》み、アルフォンスの心配をしていた。

思えば、この時期のアルフォンスの手紙には小さな違和感があった。

まるで添削された後のような、そんな印象を受けたのだ。

内容を検閲され、本当に書きたいことが書けなかったのだと知ったのは、かなり後になってからだった。

年のわりには鋭いバートラムは、普通であればその違和感を突き止められたかもしれない。しかし、時期が悪かった。その頃、バートラムもまた、悩みを抱えていたからだ。

弟のトラヴィスが、才能を開花しはじめたのだ。

バートラムはそれまで優秀な、将来有望な子供として期待されてきた。しかし、トラヴィスはその上をいった。

教えられたことはすぐに覚え、更には鋭い質問を返してくる。ただ勉強ができる子供なのではなく、考える力がある本物の天才だったのだ。

侯爵家に仕える人間の中には、トラヴィスが嫡男でないことを惜しみ、彼を跡継ぎにしたほうがいいのではないかと言う者が出はじめた。

その声はだんだんと大きくなり、バートラムの耳に入るまでさほど時間はかからなかった。

自分を慕う、可愛い弟。けれど、自分の権利を侵そうとする、厄介な存在。バートラムはトラヴィスに複雑な思いを抱くようになり、次第にトラヴィスを遠ざけはじめた。

トラヴィスを嫌いになったわけではない。しかし、どうしようもない胸のくすぶりが、ともすればトラヴィスを攻撃しようとする。

不幸なことに、バートラムは小賢しいくらいに頭が良かった。トラヴィスを攻撃しても何の意味もないことも、それをすることで落ちる信用も理解していたのだ。

そして、バートラムは自分がつまらない小心者であることも自覚していた。それらの声に反抗して、声を上げることができなかったのだから。

バートラムが普通の少年であれば、一時の心の安らぎのためにトラヴィスを攻撃していた。そして、その愚かさから跡継ぎ失格とされ、自身の能力に見合ったところで生きていくことになっただろう。

しかし、トラヴィスが自分を押しのけて侯爵家の当主になりたいと思っていないことも理解していた。

トラヴィスはバートラムを心から慕い、支えていくことを望んでいる。

バートラムはそんなトラヴィスの想いを裏切れるほど恥知らずではなく、そして、強くもなかった。

事態が動いたのは、病によってとられていた城への入場制限が解かれた頃だった。

バートラムは久しぶりにアルフォンスに会えるとその日を楽しみにしていたが、前日にされた忠告に首を傾げた。

「いいか、バートラム。何を見ても、何を聞いても、疑問を顔に出すな。疑問に思ったことは、すべて家に帰ってから私に聞きなさい」

何のことだか分からなかった。

しかし、それはアルフォンスの姿を目に入れたことで氷解する。

バートラムは、愕然とした。

アルフォンスは、変わり果てていた。

柔らかな笑みはそのままに、けれどもその目に生気はなく。

体の動きは優雅だけれど、袖からのぞく治りかけの赤い痣《あざ》が目に付き。

白い肌は、青ざめて見え。

お茶を注ぐ侍女の目が、冷ややかで。

「……アルフォンス様。お久しぶりです」

「ああ、バートラム。久しぶりだね。変わらないようで安心したよ」

バートラムは戸惑《とまど》いながらも、言いつけ通りにそれを表に出さなかった。

「このたびの側妃様のこと、心からお悔やみ申し上げます」

「ああ、ありがとう」

バートラムの言葉に、アルフォンスは悲しげに目を伏せる。

しかし、バートラムはその目に、生気が宿るのを見た。

視界の端に映る侍女は置物のように動かず、アルフォンスを見ている。

「母も、無念だっただろう」

その言葉に宿る感情の色は、何色か。

「まさか、あのように亡くなってしまうなんて……」

伏せていた目が、上がる。

「まだ、信じられないんだ」

目には、悲しいほどの憎悪が燃えていた。


バートラムは、アルフォンスに何があったのか聞かなかった。

そして、アルフォンスとその周りを観察した。

疑問点が積み重なる。

丁重に扱われてしかるべき王太子は、害されているのではないのか。

まさかの可能性の浮上に、バートラムは目眩《めまい》がしそうだった。

そして、それの答えは、父が知っていた。

「国王陛下の仕業だ」

「なっ⁉」

まさかの返答に、バートラムは驚愕した。

確かに、国王が王妃を寵愛するあまり、側妃とその息子であるアルフォンスをあまり良く思っていないことは知っていた。

しかし、大事な跡継ぎであるアルフォンスを害するほどとは思っていなかった。

「今となっては、側妃様が亡くなったのが病なのかも怪しい。あの頃はまだ混乱の最中で、病と言われて疑問に思わなかった」

しかし、混乱が収まり、そちらのことを考える余裕ができると、疑問点が出てきたのだと言う。

「どうも、今回流行した病と、側妃様が罹《かか》ったと言われている病の症状が違ったらしい。違う病に罹《かか》ったのだと言われればそれまでだが、その症状が毒物によるものである可能性もまた高い」

父の言葉に、バートラムは目を剥く。

「国王陛下は異常だ」

疲労交じりの溜息と共に吐き出された言葉で、バートラムは父が国王を忌避していることを知った。

昔、バートラムの父は、宰相候補として期待をかけられていた。しかし、父は宰相の地位には就かなかった。

「あの方は善人の皮を被った悍《おぞ》ましい化け物だ。己の正義に酔い、それに障る諫言《かんげん》は悪と断じられる。あの方の『正義』が世間一般の正義と重なる部分が多いからなんとかやっていけているが……」

あれに忠誠は誓えない。

父は優秀な男だ。その期待に潰されるほど繊細な神経もしていない。ならば、なぜ父は宰相にならなかったのだろうと不思議に思っていたが、それが答えだったのだ。

「王位から引きずり降ろせないのですか？」

「無理だ。それをやろうとした一派がいたが、怪死した。良くても発狂だ。どんな手を使ったのかは知らないが、簡単には手を出せん」

後にそれは隷属させられた妖精の仕業と知ったが、当時のバートラムは心底不気味に思った。

「……国王陛下の治世は大丈夫でしょうか？」

「あの方の厄介さは民まで届かない。我々が民に届く前にどうにかする。遠い人間には害はない」

しかし、近くにいれば異常性が目に付き、癇《かん》に障れば自分だけではなく、家族などの近しい存在にまで累を及ぼす危険性があった。

「あの方は王妃様を寵愛している。側妃様はあの方にとって王妃様への純粋な愛を汚す存在なんだそうだ。そして、側妃様との間にできたアルフォンス殿下は、汚点の象徴だ」

だから、虐待まがいの――否、虐待としか言えない教育を施しているのだ。

反吐《へど》が出る事実だった。


その日から、バートラムの生活は変わった。

トラヴィスがどれだけ優秀で、どれだけ跡継ぎに相応《ふさわ》しいかなどという噂話《うわさばなし》は、どうでもよくなった……と、いうより、それを気にする余裕がなくなった。

それよりも、暴力を振るわれ、食事に毒を盛られ、衰弱する友人が心配だったのだ。

どうすればあの暴力家庭教師を解任できるか。

どうすれば毒を盛ってくる浅慮な侍女を排除できるか。

どうすればアルフォンスを助けられるか。

そればかりを考えて、奔走した。

アルフォンスは今日も体調を軽く崩す程度の、嫌がらせじみた毒を盛られて顔色が悪い。そんな彼を見て、バートラムは思わずこぼした。

「どこか……、遠くへ逃げますか？」

アルフォンスにしか聞こえない程度の、囁《ささや》くように漏れた言葉。

「ついてきてくれるのかい？」

「はい。お供します」

冗談染みた苦笑と共に言われた言葉に、至極真面目に頷いた。

アルフォンスの住まう城は、国王のお膝元だ。

多くの人間が仕えるのは国王で、アルフォンスではない。

しかし、味方がいないわけではなかった。

暴力家庭教師の気を逸らそうとする執事。

どの料理に毒が盛られたのか教えようと目配せする侍女。

いざという時のために、内密に解毒薬を渡してくる医師。

国王が指示した悪意の内容が書かれたメモが、侍従が届けた書類に挟まれていて。

向かいの廊下に国王の姿を見つけて、騎士が思わず自分の身を盾にしてアルフォンスの姿を隠した。

小さな善意と好意が、アルフォンスの心を守る。心を削る悪意の中、良き王子として振る舞えていたのは、彼らのおかげだった。

アルフォンスは自身が置かれた環境下から、その善意がどれだけ尊いものであるか知っていた。その善意は、ともすれば自身の身を危うくする可能性があったのだから。

そんな善意を握りしめ、アルフォンスは憎悪を心に燃やしながらも、腐らずに成長してきた。

バートラムは、それを一番傍で見てきた。

大切にされるべき王子殿下は、苦しんで、藻掻いて、それでも立ち上がって。

その姿は、この人の行く末を案じると同時に、人生の最後の瞬間までこの人を助け、その生き様を見届けたいと思わせた。

だから、彼がどこで生きようが、お供するのだと決めていた。

アルフォンスは一つの曇りなく、真っ直ぐに忠誠を捧げるバートラムに目を瞬かせ、嬉しそうに微笑んだ。

＊＊＊

「兄上」

屋敷の廊下で、バートラムは声をかけられて振り向く。

振り向いた先にいたトラヴィスが、澄んだ目でバートラムを見上げていた。

アルフォンスのことに注力するようになってから、バートラムは自分とトラヴィスを比較する声を気にしなくなった。むしろ、だんだんとトラヴィスが自分より跡継ぎに相応《ふさわ》しいという評判を都合が良いとすら思うようになった。

「なんだい、トラヴィス」

柔らかな微笑みをトラヴィスに向ける。

「……いえ、なんでもありません」

何か言いたげな目を、トラヴィスは伏せる。

その仕草は、まるで返ってくる言葉が分かっていて、それを聞きたくないとでも言うかのようだった。

バートラムは、「そうか」と言って、それ以上追及しなかった。トラヴィスが何を聞きたくて、何を聞きたくないかを分かっていたからだ。

バートラムは、あの日からアルフォンスを守るために奔走する日々を経て、選んでしまったのだ。トラヴィスよりも、シュラプネル侯爵家よりも、アルフォンスを助けることを。

(トラヴィスのほうが跡取りに相応《ふさわ》しいとは、慧眼だな。確かに、私は跡取り失格だ)

アルフォンスが王位を望むなら、力の限り手を貸すだろう。そして、アルフォンスがすべてを捨てて自由になりたいと願うのなら、バートラムもまたそれについて行く。バートラムの忠誠心は、そこまで育っていた。

(トラヴィスにとっては不本意だろうが、この子がいてくれて良かった。私がいなくても……、む

しろ、私がいないほうがこの家はより力をつけられるだろう）

バートラムはトラヴィスに、そういう救いを見つけてしまった。それはきっと、トラヴィスにとって残酷なことだ。

（けれど、アルフォンス様は王になるおつもりだし、あの方は私が家族や家を捨てることは望まれないだろう）

ただ、バートラムは家よりアルフォンスを選んだ。そのため、トラヴィスが望むのなら、彼に跡取りの座を明け渡しても良いと思っていた。

（トラヴィスは、どうしたいのだろう）

トラヴィスの望みは、バートラムをシュラプネル侯爵家の当主として据え、自身はそれを支えていくことだった。しかし、望みは変わることもある。

「トラヴィス、言いたくなったら言いなさい」

「……はい、兄上」

トラヴィスは僅かに躊躇《ためら》いながらも、バートラムの目を見て頷いた。

＊＊＊

兄《バートラム》の声に、慈しみの感情が滲《にじ》む。それは、トラヴィスが幼い頃は当たり前に聞いていた声で、しばらく前まで聞くことのできなかった声だ。

兄は変わった。良くも、悪くも。

外野の余計な声によってできた壁は取り払われ、トラヴィスは再び大好きな兄から愛情を注がれるようになった。しかし、歩む道は、微妙にずれが見えはじめた。

トラヴィスはそのずれが、いずれは分かれ道になるのではないかと思えて仕方なかった。

二人は廊下の突き当たりまで歩き、そこで分かれた。

兄はトラヴィスの頭を一つ撫で、踵《きびす》を返して歩き出す。

トラヴィスもまたその背を見送り、逆の方向へ歩き出した。

窓の外は青空が広がっている。廊下は日当たりの関係上少しばかり薄暗いが、大きな窓のおかげで暗い印象はない。

窓から見える空には、美しい青い鳥が飛んでいた。

＊＊＊

学園に入学して、二年目の春。

アルフォンスに、小さな転機が訪れた。

後に彼の妻となる、アリス・コニア男爵令嬢と出会ったのだ。

出会いはただの偶然。その後も、運命的なものなどはなかった。

彼女も他の令嬢と同じように『王子様』に憧れを抱いていたようで、熱心にアルフォンスを見つめ、言葉を交わすようなことがあれば喜びを露わにした。そうしているうちに、いつしかアルフォンスを見る目から『理想の王子様』というフィルターが外され、『アルフォンス』に恋心を抱くようになっていた。

けれど、彼女は身のほどをわきまえていた。

想いを告げることはなく、二人で会うことも願わない。

ただ恋を、大切に握りしめていた。

そんなアリスを前に、アルフォンスが変わっていった。

憎悪によって凍っていた心が動き出す。

そして、アルフォンスは王位を諦めた。

バートラムは当然、アルフォンスについて行くつもりだった。しかし、それは阻まれた。

王命で、シリルの側近になるよう命じられたのだ。

これを断るのは難しかった。アルフォンスはバートラムに王命に従うよう命じ、一人、コニア男爵家へ婿入りした。

悔しかった。けれど、家を犠牲にできなかった。これは、トラヴィスに家を任せられると勝手な救いを見出した自分への罰かと思った。

しかし、また事態は動く。国王が死んだのだ。

死因は呪い。あの男がやってきたことを考えれば、さもありなんという死に様だったそうだ。

これで、バートラムがアルフォンスのもとへ行くのに障害はなくなった。しかし、それでいいのかと迷う。これから国が混乱するのは必至だからだ。

そんなバートラムの背中を押したのは、トラヴィスだった。

「兄上、どうぞ言ってください。兄上の望みは何ですか？」

トラヴィスが、澄んだ瞳でこちらを見上げる。

「もう十分です。なさりたいことを、なさって下さい」

その顔に幼さを残す弟《トラヴィス》が浮かべる微笑みは、どこか大人っぽいものだった。

＊＊＊

ガタン、と大きく馬車が揺れて、目が覚める。

前に座る男爵は緩んだ安らかな顔ですやすやと眠っており、その姿にアリスの面影を見る。別に、図太そうなところが似ているな、とは思っていない。

誰に見られているわけでもないのに思わず視線を泳がせて、バートラムは窓の外へ目を向ける。

外は日が高く昇り、それなりの時間眠ってしまっていたのだと気づく。そろそろ休憩をとったほうが良いだろうと思い、バートラムはデニスを起こしにかかった。


コニア男爵領はド田舎である。

それこそ、王都まで馬車で最低でも五日はかかるのだ。天候に恵まれないと、ちょっと考えたくないほど時間がかかる。

今回は王太子からの呼び出しのため、ポータブルの使用が許可された。そのおかげで、バートラム達は三日ほどで王都へと辿り着いた。

本日の宿は、信用できるセキュリティの一流ホテルである。大精霊の契約者の父親を狙う阿呆がいないとは言い切れないための措置だ。前までの男爵家の収入では確実に足が出る宿泊代だが、アリスがダンジョンで魔物を狩りまくり、そこから得た収入のおかげで問題なく泊まることができる。

デニスはホテルにチェックインすると、その足ですぐに王城に向かった。バートラムもまたそれに付き従い、城へ足を踏み入れる。

城内は相変わらず多くの人が行き来し、ご婦人達が噂話《うわさばなし》に興じ、紳士は大げさな仕草で感情を表している。つい数か月前までは見慣れた光景だったが、今では懐かしいと思ってしまう。

「ええと、どうすればいいんだったか……」

「係の者に言って、待機室で待っていれば大丈夫かと」

そうして二人は職員に声をかけ、指示に従って待機室へと向かう。

そんな、道中のことだった。

「やや！　これは、コニア男爵ではありませんか！」

呼び止めたのは、丸眼鏡の初老の男だった。

男は大きく破顔し、こちらに近づいてくる。

「ああ、お久しぶりです、ルフド伯爵」

そう挨拶《あいさつ》をすれば、ルフド伯爵は嬉しげに手を差し出し握手を求めてきた。デニスがそれに応えれば、がっちりと力強く握られる。

「実は薬草の栽培方法を貴殿に勧められたものに変えてみたのですが、これが大当たりしましてね！　おかげさまでわっさわっさと大繁殖ですよ！」

ワハハ、と上機嫌に笑うルフド伯爵は、王立薬草研究所の所長である。実はこのルフド伯爵も国王が崩御し、葬儀に参列したデニスにアルフォンスの様子に関して探りを入れに来た人物なのだが、見事に煙に巻かれていつの間にか薬草談義をして帰宅した御仁である。

あの時はやられたと思ったが、デニスのアドバイスは的確で、いくつかの薬草に覿面《てきめん》の効果を発揮した。それ以来、ルフド伯爵はデニスとまた話してみたいと思っていたそうだ。

「しかし、コニア男爵が王城にいるとは珍しい。今日は何のご用でいらしたのかな？」

「実は――」

デニスは領地で起きたルビーモモンガの件を話した。すると、ルフド伯爵は眦《まなじり》を吊り上げて「なんて事だ！」と憤慨した。

「デクスター商会の商会長は息子にいったいどんな教育をしたのか。ルビーモモンガ以前に、捕獲依頼された魔物を解き放つなど、言語道断！　とんでもない危険行為ではないですか！」

まったくもって、その通りだ。ランクは低くとも、ともすれば人間を殺しかねないのが魔物だ。それを解き放つなど、正気の沙汰ではない。

「その件で王太子殿下にお話に行くことになりまして……」

ほんのり濁《にご》された言葉に、ルフド伯爵は片眉を上げて「なるほど」と頷いた。どうやら、彼も裏の意図に気づいたようだ。そして、デニスの後ろで、影のように佇むバートラムに気づき、もう一度「なるほど」と頷く。

「今日と明日は王太子殿下の執務室には近づかないようにします」

脈絡のない言葉に、デニスとバートラムは首を傾げたのだった。

＊＊＊

「兄上に会いたい……」

王太子の執務室に向かう途中、中庭に面した廊下。空を見上げたトラヴィスの口から、疲労交じりにこぼれたそれに、彼の従者が苦笑する。

シュラプネル侯爵家の兄弟仲が良いことは、意外と知られていない。

二人の外面は揃えたようにクールで、ともすれば兄弟仲は冷めていると思っている者もいるくらいだ。

「兄上と話したい。褒めてほしい。頭を撫でてほしい。一緒に本を読みたい。一緒に風呂に入って、背中を流したい。夜は添い寝をしてほしい……」

そして、トラヴィスがとんでもない末期のブラコンだということを、兄は知らない。知っているのは、シュラプネル侯爵夫妻とトラヴィス付きの従者、そして一部の鋭い者くらいだ。

アルフォンスがコニア男爵家に婿入りさせられ、兄はそれについていこうとしたが、家のことを国王に盾に取られて身動きを封じられた。その時の兄の苦渋に満ちた顔をトラヴィスは忘れたことはない。ゆえに、トラヴィスは国王の暗殺準備を進めていたのだが、いつの間にか呪われて死んでしまった。あの時は思わず舌打ちしてしまったものだ。

しかしながら、これで万事問題ない。トラヴィスはチャンスが巡ってきた兄に、胸を張って家のことは任せてほしいと言った。正直、トラヴィスは国や家のことなどどうでもいい。ただ、兄が幸せかどうかが重要だった。幼い頃、体が弱くてベッドから出られない日が多かったトラヴィスの相手をし、可愛がってくれたのは兄だ。両親は仕事を理由に顔すら出せない日があり、トラヴィスの愛の比重はえげつないほど兄に傾いている。

そして、兄に素っ気なくされた原因を作った家の人間。余計なことを言いやがった人間に何かするつもりはないが、何かをしてやるつもりもない。惜しむ必要のない人材としてトラヴィスの頭にインプットされている。

トラヴィスは天才と呼ぶに相応《ふさわ》しい人間だが、それに比例するように他者に対して情が薄い。兄はトラヴィスのほうが跡継ぎに相応《ふさわ》しいとか思っていたようだが、そんなことはありえない。自分の望みを押さえこみ、家を守ろうとした兄のほうがよっぽど理想的な跡継ぎであった。しかし、こうなったからには兄が大切にしていたものをちゃんと守るつもりだ。それが、たとえトラヴィスにとってどうでもいいものであろうと。

トラヴィスは、どこまでも兄上ファーストだった。

そうして兄が抜けた穴をトラヴィスが埋めた。……埋めすぎて、ルビアス王国の裏ボスになりつつあるが。

最近では兄が家を出る原因となった今は亡き王家の馬鹿野郎と、甘やかされて色々と詰めが甘い王太子《ボンボン》に対して怨嗟《えんさ》の声を吐き散らかしている。それは馬車の中や自宅でのことなので、仕事が大変なんだね、とスルーされているが。

「トラヴィス様、またバートラム様にお手紙をお書きになってはいかがでしょうか？　例のルビーモモンガの件、デクスター商会の続報がございますでしょう」

「む。そうだな」

トラヴィスはたまに来る兄からの手紙を楽しみにしている。兄は家のことを押し付けたという自覚があるせいか、マメに手紙をくれる。それに返事を書くと、更に手紙をくれることがある。トラヴィスはそれに幸せを感じていた。

今回のような報告案件の場合は必ず返事をくれるので、積極的に手紙を書くようにしている。

少し気分が上昇したトラヴィスは、王太子の執務室に向かい、その扉をノックする。入室の許可を得て、扉を開けた。

執務室の中では、なぜかシリルが姿見の前で衣服のチェックをしていた。

「殿下、何をしておられるので？」

まるでこれから誰かに会う予定でもあるかのようだ。

シリルの側近達は「やべぇ、見つかった」とばかりに、気まずげに視線を逸らす。しかし、シリルは側近達の様子とは真逆の笑顔で、「丁度良かった」と言った。

「トラヴィス、ちょっと僕はこれからコニア男爵と話があるから、あちらの書類のほうを――」

「は？」

トラヴィスの圧の籠もった低い声が、シリルの言葉を遮る。

一瞬で極寒のブリザードをバックに背負ったトラヴィスに睨《にら》み付けられ、シリルは反射的に背筋を伸ばした。

「コニア男爵が、何ですって？」

「え、いや、ルビーモモンガの件で呼び出したから、今から話を聞きに――」

「呼び出したぁ⁉」

トラヴィスのバックに、憤怒を司《つかさど》る神の幻が見え、シリルは黙って正座した。

まだ短い付き合いだが、説教が始まる兆候を覚え、体が反射的にそれを受ける態度をとってしまっている。つまり、シリルはそれほどまでに何度もやらかしているのだ。情けない事実だった。

そっとシリルの後ろに側近達も並んで正座し、粛々《しゅくしゅく》と裁きを受ける罪人のような顔をしている。

今回、コニア男爵を呼び出すことを側近達は諸々の観点から止めたのだが、シリルが無駄な行動力を発揮し、トラヴィスに相談する間もなく迅速に書簡を出されてしまった。そして、現在に至っている。その責任を取っての連座である。

「お話、聞かせていただけますね？」

シリルはキュッと顔を情けなく歪《ゆが》め、足が痺《しび》れる覚悟をした。

＊＊＊

「何？　コニア男爵が来ているだと？」

そう部下に言ったのは、王城に勤める大臣の一人、モンクトン侯爵だ。

モンクトン侯爵は権力に目がない上昇志向の強い人間なのだが、家柄重視の嫌みで差別的な性格であるため人に好かれず、周囲への影響力は侯爵家のわりに弱い。元々が人格に問題ありとされ、大臣職に就けるような人間ではなかったのだが、そこは先頃亡くなった国王に上手く取り入った。

しかし、その頼りの国王がいなくなったため、モンクトン侯爵は大臣職を追われようとしていた。

そうなってたまるかと抗っているところに、大精霊の契約者の父親である冴えない男爵がやってきた。

あの男を傘下に収めることができたなら、自身の発言力は間違いなく増す。

モンクトン侯爵はニヤリと醜悪に嗤《わら》い、足取り軽くデニスがいるという待機室へと向かう。

まさか、その待機室に薬草研究所の所長と、彼を探しに来たはずの研究員数名がひしめき合い、デニスも交えて侃侃諤諤《かんかんがくがく》と討論しているとは思わない。

そして、どうやっても議論に交じることなどできず、また、話しかける隙すら見つけられず、すごすご待機室を後にすることになるとも、夢にも思わなかった。

＊＊＊

(これで六人目だな)

それは、大精霊の契約者の父親を私利私欲のために利用してやろうとした人間の数である。

このモンクトン侯爵のような人間が出ることこそがトラヴィスが懸念し、シリルがデニスを王都に呼んだことに激怒する理由だ。

モンクトン侯爵が白熱する議論に口を挟めず、すごすごと帰って行った姿を見送り、バートラムはそんなことを思う。

こういう面倒が近づいてくることは予想していた。しかし、デニスに長く仕えるクリントによると、決定的な面倒にならないのがデニスなのだという。確かに、デニスは『持っている』男なのかもしれない。

いざという時は恥を捨てて実家の権力を頼るつもりだったが、その必要もなさそうだ。

バートラムはモンクトン侯爵が出て行った扉から、議論するおっさん達に視線を戻す。

(……しかし、遅いな?)

シリルとの謁見予定時刻から大分遅れている。予定時刻からずれることは珍しくないが、それにしたって遅い。

どうしたのだろうかと不思議に思っていると、待機室の扉がノックされ、入室の許可を出すとそこに現れたのはトラヴィスの従者だった。

「ああ、良かった。バートラム様、本当にいた！」

従者の青年はバートラムの顔を見るなり、救いを得たと言わんばかりの顔をして、どうかついてきてほしいと頼んだ。

しかし、本日のバートラムはデニスの付き人である。役目を放棄するのはいかがなものかとデニスに顔を向ければ、「いいよ、行っておいで」と笑顔で言われた。その傍では、ルフド伯爵が後は自分に任せておけと言わんばかりにサムズアップしている。

大丈夫そうだとバートラムは判断し、待機室を後にした。

＊＊＊

「貴様ぁ、よりにもよって今日、ベルゴジウス侯爵が登城すると知っていて、コニア男爵を呼び出したのか！」

王太子の執務室に怒声が響き渡る。

ノックしても返事がなく、どうしたものかとバートラムは困った顔をしたが、従者の男は致し方なし、とばかりにエイヤ、と扉を開けた。

そして、聞こえてきたのが先ほどの怒声だ。

今、自分が見ているものは幻だろうか？

バートラムは己の目を疑い、目をこするも、目の前に広がる光景は変わらない。

「なぜ、トラヴィスの前に殿下と側近達が正座しているんだ？」

疑問に満ちた言葉の通り、トラヴィスがこちらに背を向けて仁王立ちし、その前に身を縮めて正座するシリルと側近達がいた。

「シリル殿下が、少々やらかしまして……」

そっと小声で答える従者の青年に、何をしたのかと尋ねる。それに、従者の青年は答えた。

始まりは、デニスを王城に呼び出したことからなのだと言う。

現在、デニスの立場は大精霊の契約者の父親であり、アルフォンスの婿入り先の家の当主ということで、各々が暗黙の了解で慎重な対応をするよう心がけている。

しかし、それで駆け引きや抜け駆けなどがなくなるわけではない。

デニスを傘下に収め、その娘であるアリスを大精霊もろとも利用しようと目論《もくろ》む阿呆がそれなりに存在するのだ。

しかしながら、デニスは滅多に王都に出てこず、ド田舎の領地に引っ込んでいる。ここでわざわざ時間をかけて彼の領地に行くとなると、さすがに他の貴族に白い目で見られる。そのため、後ろ暗い思惑のある連中はデニスが王都へ来る日を手ぐすね引いて待っていた。

こういう場合、王家やそういう連中を疎ましく思っている者達は、デニスは領地に引っ込んでくれているほうがありがたい。特に、今は国王が突然崩御して混乱している。どうにか国をまとめて運営しているが、落ち着くにはまだ時間がかかるだろう。

なのに、その王家の王太子であるシリルが、右腕となったトラヴィスに一言も相談せずデニスを呼び出したのだ。それは怒るだろう。

「なるほど。デニス様を呼び出すからには何かしら対策をしていると思っていたが、どうりで腹黒い連中が来るわけだ」

納得し、頷く。

そんなことを話していると、側近の一人がこちらに気づき、声を上げた。

「えっ、バートラム？」

その声に、こちらに背を向けていたトラヴィスがばっと勢いよく振り返る。

「兄上！」

声のトーンは一段高く、醸し出されていた暗くよどんだオーラは一瞬で煌《きら》めき、吊り上がっていた目は、きゅるり、とつぶらなものとなる。とんでもない変わり身の早さである。そんな彼の後ろで、正座した面々が化け物を見るかのような目でトラヴィスを見ている。

「どうして兄上がここに？」

「ああ。旦那様の付き人として来たんだ。待機室で待っていたら、お前の従者に呼ばれてね」

「そうなのですか？」

ギン、と鋭い目が従者の男に向く。その目は、わざわざ兄上に足を運ばせたのか、と語っている。

「既に謁見の予定時刻を過ぎていますのに、トラヴィス様のお話が終わる様子がございませんでしたので」

バートラム様を呼ばなければ止まらなかったでしょう、と従者の男は言う。そして、トラヴィスに叱られていた面々は、キラキラとした目で従者の男を見ている。彼を救世主だとでも思っていそうだ。

「う、確かに……。それに、コニア男爵をお待たせするのはよくない。今日はベルゴジウス侯爵が城に来る日だからな」

このベルゴジウス侯爵だが、彼もまた大精霊の契約者を利用したい者の一人だ。立ち回りが非常に上手い厄介な御仁なので、デニスとは会わせたくない。

デニスを今一人にしているのも心配だし、早々に謁見を済ませて、安全な場所に送り届けなければ、と言うトラヴィスに、バートラムが微笑む。

「ああ、それなら大丈夫だ。旦那様は今、ルフド伯爵とご一緒だ」

「おや、そうなのですか？」

ベルゴジウス侯爵には天敵がいた。それが、ルフド伯爵だった。

「それはいい。ルフド伯爵と会ったら最後、城から出るまで粘着されるでしょう」

ルフド伯爵は薬草狂だ。ベルゴジウス侯爵が所有する森に植生調査と採取に入りたいのだが、そこはベルゴジウス侯爵家にとって特別な場所のようで、ずっと断られているのだ。しかし、そこで諦めるようならルフド伯爵は薬草狂などと呼ばれていない。出会ったら最後、とにかくしつこくつきまとわれる。普段であれば権力で撥ね除けるのだが、ルフド伯爵はベルゴジウス侯爵の妻と嫡男が病に罹《かか》った際に入手が難しい薬草を揃え、提供してくれた恩があるので無碍《むげ》に扱えない。

「森には入れられず、さりとて無碍《むげ》にも扱えず。とにかく逃げるしか道がないですからね」

そんなことを話している同時刻。デニスの登城を知ったベルゴジウス侯爵が待機室に出向き、ルフド伯爵に捕まったのは、後の兄弟の笑い話である。

＊＊＊

シリル王太子との謁見は特に問題になるようなこともなく、恙《つつが》なく終わった。最後に、シリルはアルフォンスの様子を尋ねたが、デニスの「アリスとも仲良くしていただいて、仕事のほうも大変有能であらせられるので、とても助かっています」という言葉にホッとした様子を見せていた。

謁見が終われば後は帰るだけ。

帰ろうとするバートラム達をトラヴィスが呼び止め、シュラプネル侯爵邸に泊まることを提案した。

以前も泊まったことはあるが、何よりもバートラムの実家だ。家族に会いたいだろうとデニスは了承した。

そしてホテルをキャンセルし、その日は侯爵邸に泊まったが、残念ながらトラヴィスはバートラムが起きているうちに帰ってこなかった。なんでもシリルが失言し、トラヴィスの怒りがぶり返して一度終わったはずの説教を再びすることになったそうだ。

結局、兄と何も話せなかったトラヴィスがもう一泊していってくれとねだったが、さすがにそれはできないと断った。

トラヴィスは肩を落として学園に向かった。すべてシリルのせいだとトラヴィスは一日中機嫌が悪く、学園でも、王太子の執務室でもバックにブリザードを背負い続け、周りを凍えさせたらしい。

そして、意外と食えない性格のルフド伯爵はそれを見通していたのか、宣言通り、誰に何を言われてもその日は王太子の執務室には近づかなかったそうだ。

＊＊＊

空が薄らと赤みがかる。

バートラム達は、日が暮れる前にどうにかコニア男爵領に帰ってきた。

デニスを出迎えに、アリスとクリントが玄関へやってくる。

「お父様、お帰りなさい！　お土産は？」

「ただいま、アリス。ふふふ、すごいお土産があるんだ。なんと、薬草研究所の所長さんから珍しい薬草の種をいただいたんだよ！」

「それ、お父様へのお土産じゃない！」

お菓子とかはないのかと口をとがらせるアリスに、デニスとクリントが笑う。

そんな彼らの後ろからアルフォンスがやってきて、こちらに向かって微笑む。

「お帰り、バートラム」

「はい。ただいま戻りました」

穏やかなその顔に、安堵する。

そして、男爵邸に響く賑やかな声に、帰ってきたのだと実感した。

短い期間で、コニア男爵家をすっかり自分の帰る場所だと認識していることに、自分もなかなか図太くなったじゃないかと可笑しくなる。

懸命に走り続けた先にあったのは、温かな家だった。それは、とても幸せなことだろう。

アルフォンスがコニア親子と共に穏やかに笑う姿を見て、バートラムは満足げに微笑んだ。

新＊感＊覚　ファンタジー！

Regina
レジーナブックス

レジーナブックス Regina

最強モブ令嬢
現る!!

乙女ゲームは終了しました1〜3

悠十《ゆうと》

イラスト：縞（1巻）、とき間（2巻）、月戸（3巻）

貴族の子息令嬢が通うとある学園のパーティーでは、今まさに婚約破棄劇が繰り広げられていた。王太子が、婚約者である公爵令嬢をでっちあげの罪で国外に追放しようとしているのだ。その時、公爵令嬢に寄り添うべく、一人の騎士がかけつける。見つめ合う公爵令嬢と騎士。それを外野から見ていた、男爵令嬢のアレッタは思った。『え、あれ？　その騎士、私の婚約者なんですけど……』

詳しくは公式サイトにてご確認ください。
https://www.regina-books.com/

携帯サイトはこちらから！

RC Regina COMICS
乙女ゲームは終了しました
乙女ゲームは終了しました
1~3
原作 悠十
漫画 丸山詩葡
(電子含む)
シリーズ累計
14万部
突破!!!!

RC Regina COMICS
乙女ゲームは終了しました
3
婚約解消された
悪役令嬢、
魔境《ベルクハイツ》へ
ヒロイン交代!
嫁入り!?
シリーズ累計
14万部
突破!!!!!!

この作品に対する皆様のご意見・ご感想をお待ちしております。

おハガキ・お手紙は以下の宛先にお送りください。

【宛先】

〒150-6019 東京都渋谷区恵比寿 4-20-3 恵比寿ｶﾞｰﾃﾞﾝﾌﾟﾚｲｽﾀﾜｰ 19F
（株）アルファポリス　書籍感想係

メールフォームでのご意見・ご感想は右のＱＲコードから、
あるいは以下のワードで検索をかけてください。

アルファポリス　書籍の感想　検索

ご感想はこちらから

本書は、「アルファポリス」（https://www.alphapolis.co.jp/）に掲載されていたものを、
改題、改稿、加筆のうえ、書籍化したものです。

『ざまぁ』エンドを迎《むか》えましたが、
前世《ぜんせ》を思《おも》い出《だ》したので旦那様《だんなさま》と好《す》きに生《い》きます！

悠十（ゆうと）

2025年 2月 5日初版発行

編集－星川ちひろ
編集長－倉持真理
発行者－梶本雄介
発行所－株式会社アルファポリス
〒150-6019 東京都渋谷区恵比寿4-20-3 恵比寿ｶﾞｰﾃﾞﾝﾌﾟﾚｲｽﾀﾜｰ19F
TEL 03-6277-1601（営業） 03-6277-1602（編集）
URL https://www.alphapolis.co.jp/
発売元－株式会社星雲社（共同出版社・流通責任出版社）
〒112-0005 東京都文京区水道1-3-30
TEL 03-3868-3275
装丁・本文イラスト－宛
装丁デザイン－AFTERGLOW
（レーベルフォーマットデザイン－ansyyqdesign）
印刷－中央精版印刷株式会社

価格はカバーに表示されてあります。

落丁乱丁の場合はアルファポリスまでご連絡ください。

送料は小社負担でお取り替えします。


ISBN978-4-434-35182-2 C0093